四部要籍選刊·集部

文選

十一

浙江大學出版社

本册目録（十一）

貴池在蕭梁時寔為
昭明太子封邑血食千載威靈赫然水旱
疾疫無禱不應廟有文選閣宏麗壯偉而
獨無是書之板蓋缺典也往歲邦人嘗欲
募衆力為之不成今是書流傳於世皆是
五臣注本五臣特訓釋旨意多不原用事
所出獨李善淹貫該洽號為精詳雖四明
贛上各嘗刊勒往往裁節語句可恨袤因
以俸餘鋟木會池陽袁史君助其費郡文
學周之綱督其役踰年乃克成既摹本藏

之閣上以其板寘之學宫以慰邦人所以尊事
昭明之意云淳熙辛丑上巳日晋陵尤袤題

江寧劉文奎弟文楷模鐫

文選攷異

鄱陽胡氏

文選考異序

賜進士出身通奉大夫江南蘇松常鎮太等處承宣布政使司布政使胡克家撰

文選之異起於五臣然使有五臣而不與善注合并若合并矣而未經合并者具在即任其異而勿考當無不可也今世間所存僅有袁本有茶陵本及此次重刻之淳熙辛丑尤延之本夫袁本茶陵本固合并者而尤本仍非未經合并也何以言之觀其正文則善與五臣已相羼雜或沿前而有譌或改舊而成誤悉心推究莫不顯然也觀其注則題下篇中各嘗闌入呂向劉良頗得指名非特意主增加他多誤取也觀其音則當句每未刊五臣注內間兩存

善讀割裂旣時有之刪削殊復不少崇賢舊觀失之彌遠也然則數百年來徒據後出單行之善注便云顯慶勒成已爲如此豈非大誤即何義門陳少章斷斷於片言隻字不能挈其綱維皆繇有異而弗知考也余夙昔鑽研近始有悟參而會之徵驗不爽又訪於知交之通此學者元和顧君廣圻鎭洋彭君兆蓀深相剖晰僉謂無疑遂迺條舉件繫編撰十卷諸凡義例反覆詳論幾於二十萬言苟非體要均在所略不敢祕諸篋衍用貽海内好學深思之士庶其有取於斯

嘉慶十四年二月下旬序

文選考異卷第一

賜進士出身通奉大夫江南蘇松常鎮太等處承宣布政使司布政使胡克家撰

卷一 ○兩都賦二首注自光武至和帝都洛陽下至和帝大悅也 何屺瞻焯校曰案後漢書班固傳則兩都賦明帝世所上注和帝誤陳少章景雲校曰賦作於明帝之世注中故上此以諫和帝大悅語未詳所據今案此一節非善注也善下引後漢書顯宗時除蘭臺令史遷爲郎乃上兩都賦不得有此注甚明即五臣銑注亦言明帝云云然則并非五臣注也且此是卷首所列子目其下本不應有注決是後來竄入凡善注失舊有竄入五臣注者有并非五臣注而亦竄入者說詳在後 ○兩都賦序

○注亦皆依違尊者都舉朝廷以言之 吳郡袁氏翻雕六臣本茶陵陳氏刻增補六臣本都上有所字舉上有連字案此尤延之校改之也袁本五臣居前善次後茶陵本善居前五臣次後皆取六家以意合并如此凡各本所見善注初不甚相懸遠尤延之多所校改遂致迥異說見每條下 有陋雒

邑之議 表本茶陵本雒作洛案二本不著校語詳賦正文及注俱用洛字其後漢書所載賦亦作洛葢善自作洛也

○西都賦 案賦下當有一首二字東都賦下有表本茶陵本無葢五臣每題俱無也又上兩都賦序下以三都賦序例之亦當有又東京賦南都賦吳都賦下同

衆流之隈汧涌其西 何云後漢書無此二句陳云善此八字無訓釋疑與范書同案各本皆有恐五臣多此二句合併六家失著校語尤以之亂善也凡表本茶陵本所失著校語者說具每條下其尤本無誤多不復出

注樂稽嘉耀曰 案嘉耀當作耀嘉各本皆倒

注然則成功在西 案則字不當有各本皆衍凡然則善例祇云然全書盡同其或衍者當依此求之不具出也

挾灃灞 案灃灞當作豐霸豐字注可證必善豐霸五臣灃霸而亂之霸字說見後今注中亦作灞非善舊也餘依此求之後漢書作酆霸豐酆同字

度宏規而大起 案度當作慶必善慶五臣度表茶陵二本所載五臣銑注云度大規矩作度無疑各本失著校語尤以之亂善也注亦失舊

注度與羌古字通度或爲慶也 陳云度當作慶是也各本皆誤下同見下

慶當作度案云慶與羌古字通者正文作慶與所引小雅廣言之羌古字通也云慶或爲度者此賦作慶或本爲度如今後漢書之作度也五臣因此改慶爲度後來合并又倒此注以就之而不可通矣今特訂正**注高高祖漢書**表本茶陵本此五字作漢書高祖四字是也案此尤校改之下同**注爲功最高**表本茶陵本爲上有以字是也**注而爲漢帝太祖**表本茶陵本太作之是也**注而觀萬國也**表本茶陵本無也字何云後漢書無**注王莽於五都立均官**茶陵本於下有長安及三字均官作五均表本與此同**注城都市長安**表本城作成茶陵本亦誤城陳云長下衍安字是也各本皆衍**注司市師**茶陵本本市下有稱字表本與此同**注逴躒猶超絕也**茶陵本此六字作卓犖或作逴躒表本與此同案茶陵乃校語錯入注也正文善逴躒後漢書逴犖五臣卓犖二本作卓犖者亂之尤所見未誤表此注亦未誤**注在彼空谷**何校空改穹陳同是也各本皆譌案陸機苦寒行注引正作穹**注北謂天下陸海之地**陳云北當作此是也各本皆譌**注穿漕渠道渭**

表本茶陵本道作通是也注漢書有蜀都漢中郡表本茶陵本都作郡是也條支之
鳥表本茶陵本支作枝是也注中字各本皆作枝後漢書亦是枝字注揚雄司命箴曰何校
命改空陳云據范書注當作空是也各本皆誤注玉謂之彫表本茶陵本彫作雕是也注言階
級勒城然茶陵本階作陛是也表本亦誤階合歡增城何校城改成注同是也後漢書亦是
成字注漢中國娙姓諸侯也陳云中當作東是也各本皆誤注傛華視眞二
千石表本茶陵本傛作容案此尤校改之也注充依視千石表本茶陵本依作衣案此尤校
改之也注天祿閣在大殿北何校大下添祕字是也各本皆脫注除太常掌
故表本茶陵本故作固案此尤校改之也上序注孔安國射策爲掌固茶陵固表故尤亦未改固即故字耳凡尤
改每未必是注方言曰亘竟也案亘當作絙觀下注可見各本皆誤此所引在第六卷中今本
正作絙後荅賓戲引作緪緪即絙字也内則別風之嶕嶢表本茶陵本無之字案後漢書有或

尤依彼添耳 **注爾雅曰蓋戴覆也** 案爾當作小各本皆誤此所引廣詁文又章懷注後漢書所引今本亦誤小爲爾皆不知小雅者改也 **注窈窕深也** 陳云窕當作篠是也各本皆誤 **激神岳之嶈嶈** 案善引毛詩應門將將爲注似其本但作將將袁茶陵二本所載五臣濟注云嶈嶈水激山之聲或各本所見皆以五臣亂善後漢書作嶈嶈章懷無注而此與彼不必全同也 **注臺榘** 何校臺改壷陳同是也各本皆譌 **注堨埃也** 案堨當作壒觀下注可見各本皆誤 **注周禮水衡** 茶陵本水作川是也袁本亦誤水 **注紘罘之網也** 案網當作綱各本皆譌 **於是乘鑾輿** 案鑾字衍也注引獨斷以解乘輿中閒不得有鑾字甚明考後漢書章懷注引獨斷與此同亦不得有鑾字今本皆衍耳上林賦曰於是乘輿弭節徘徊甘泉賦曰於是乘輿乃登夫鳳皇兮句例相似孟堅之所出也袁茶陵二本鑾作鸞詳五臣濟注仍言乘輿是其本初無鸞字各本之衍當在其後讀者罕察今特訂正又東都賦乘輿乃出注云乘輿已見上文指謂此可借證 **注酆在始平鄠東** 袁本茶陵本鄠下有縣字是也 **注何休公**

羊傳曰脰陳云傳下脫注字是也各本皆脫　注嶃巖高峻之貌也表本茶陵本高上有石字是也　注行幸長楊宮屬玉館陳云長當作萯案所校最是長楊別注在下各本皆誤此所引文在甘露二年　注閣謂之臺何校閣改閣陳同是也各本皆誤　注三軍忙然何校忙改芒是也各本皆譌　若摛錦布繡表本茶陵本錦下有與字案後漢書無或尤依彼刪耳　鳥則元鶴白鷺何云後漢書無鳥則二字今據文義當以後漢書爲是案各本蓋傳寫衍　注說文曰揄表本茶陵本說上有投與揄同四字案此尤校刪之也疑本云揄與投同故五臣因此改正文作投二本誤互易揄投二字耳刪者未必是　商循族世之所鸒表本茶陵本循作脩案後漢書亦是脩字　注而處士循其道何校循改脩陳同是也各本皆譌案章懷注後漢書所引正作脩　○

東都賦　○注田肯曰秦帶河阻山表本茶陵本田肯作婁敬案二本非也此所引高帝紀文非婁敬傳之秦地被山帶河也下注所云婁敬已見上文者謂見西都奉春建策注二本蓋因下注致誤

何陳校皆據之改爲婁敬殊失之矣凡二本有誤及何陳校之非者多不復出附辨一二以爲舉例餘準是求之

前聖靡得言焉 表本茶陵本得下有而字案後漢書亦有

注震雷憑怒 表本雷作雹是也茶陵本亦誤雷

蹈一聖之險易云爾哉 茶陵本無哉字云五臣有而已哉字表本有而巳哉案表用五臣也失著校語非後漢書無而已有哉或尤依彼添耳

至乎永平之際 表本乎作于茶陵本作於案後漢書作于似乎字非也

正雅樂 案雅當作予後漢書作予章懷注正予樂謂依讖文改太樂爲太予樂也困學紀聞曰文選李善注亦引太予五臣乃解爲正樂今本作雅樂誤蓋五臣本改爲雅王伯厚此說最是善既引太予則作予自甚明表本茶陵本所載五臣銑注云雅樂正樂也其作雅亦甚明各本所見正文皆以五臣亂善而失著校語耳凡如此例者全書不少詳見每條下

注作樂名雅 案雅當作予各本皆誤此因誤改正文又并誤改注也後漢書明帝紀章懷注所引正是予字

注會明帝改 表本明作昌改作九是也茶陵本誤與此同案會昌帝九以四字爲一句何於此節注不得其讀多所紛更非今不論

注

正樂官曰太子樂官　案正下當有太字各本皆脫顏延之曲水詩序太子協樂注引此詔有可證

躬覽萬國之有無　表本茶陵本躬作窮案後漢書亦是窮字

於是皇城之內　表本茶陵本於是作是以案後漢書亦作是以

注毛詩傳曰古有梁鄒　何校毛改魯案所校是也章懷注所引正是魯字各本皆誤又張載魏都賦注引亦可證

覽駟鐵　表本駟鐵作四驖茶陵本作駟驖今案表茶陵二本所載五臣銑注作四驖其善注中作駟鐵必善駟鐵五臣四驖失著校語也茶陵及此駟字未相亂何云後漢書作驖今考此與彼仍不必全同范書駟驖與善駟鐵五臣四驖互異但當各依其本

注棽大枝條　表本茶陵本條下有棽灑也三字是也

注寢或爲侵　表本茶陵本侵作祲是也

雨師汎灑　表本茶陵本汎作泛案後漢書作汎或尤依彼改耳

陳師按屯　茶陵本按作案云五臣作按表本作按用五臣也後漢書亦是案字此以五臣亂善非

輶車霆激　表本茶陵本輶作輕後漢書亦是輕字案此尤因善注引毛詩輶車而改之其實善下引傳輕也作輕車之注自通二本無校語未必非善亦作輕

尤改蓋非飛者未及翔表本茶陵本未作不下句同案後漢書此二字皆作未或尤依之改耳注大駕車八十一乘案車上當有屬字各本皆脫注永平三年正月案三當作二各本皆譌注一天子樂何校天子改太子云後漢注引作太子陳同是也各本皆譌注左氏傳曰子曰何校子上添晏字陳同案上曰字當作晏各本皆誤而怠於東作也表本茶陵本無也字案後漢書有或尤依彼添耳下翼翼濟濟也而不知京洛之有制也而不知王者之無外也三也字同注分命羲叔表本叔作仲是也茶陵本亦誤叔注織紝紃緡布也表本茶陵本紃作織是也注尚書傳曰天下諸侯何校傳上添大字是也各本皆脫注蘇秦説孟嘗君曰何校孟嘗君改秦惠王案何校誤也章懷注所引亦是孟嘗君此齊策孟嘗君將入秦章文今本高注具存姚宏跋戰國策曾指此條爲今本所無其失撿與何正同附訂正之注面氣㤥何校面改而陳同是也各本皆譌其詩曰表本茶陵本詩作辭案後漢書作詩注率土之濱表本

濵作賔是也茶陵本誤與此同案說見後　寶鼎見兮色紛緼　表本茶陵本緼作紜案後漢書作緼　注太常其以初祭之日　何校初改礿陳同是也各本皆譌　嘉祥阜兮集皇都　何云後漢書無此句陳同案各本皆有表茶陵不著校語今無可考也凡疑而未能明者俱載之以俟再詳此其例也　容絜朗兮於純精　表本茶陵本純作淳是也案後漢書亦是淳字

卷二〇西京賦〇心奓體忕　案忕當作泰注奓忕同薛注云體安驕泰者其本作泰而如字解之也又云泰或謂忕習之忕者讀泰爲忕又一解也善引小雅曰狃忕也者爲薛後解申說也然則善本必同薛作泰今各本作忕蓋不知者誤改之　注言帝王必欲順陽時　表本茶陵本無陽字案此尤校添也　注嚴驗也胡革切　表本茶陵本無此六字何校去　注作起也　表本茶陵本無此三字何校去　注夫筋之所由憺恒由此作　表本茶陵本無之所由憺四字案此尤校添也　注于陳倉北坂城祠之　表本茶陵本無北字案此尤校添也　注云野雞夜

鳴表本茶陵本無云字案此尤校添也注二山名也表本茶陵本此四字作終南太一二名也七字案二本是也二名也者謂一山有二名觀下注可見尤校改非注至于鳥鼠表本茶陵本無此四字案無者是也注此云終南太一不得爲一山明矣表本茶陵本無不得爲一四字案二本有脫文今無以補之尤所校添未必闇同善舊也注山形容也表本茶陵本山上有隆崛之類皆五字案尤校刪非注音戶杜陵鄠縣言終南太一含裹之表本茶陵本無此十四字注善曰爾雅曰爰有寒泉表本茶陵本無善曰二字案各本皆有譌也爾雅曰與爰有寒泉不相承接今無以訂之尤校添善曰仍未爲得善舊也其遠則九嵕甘泉表本茶陵本則下有有字案此無以考也實惟地之奧區神皐表本茶陵本惟作爲案此無以考也注善曰五緯五星也茶陵本善曰在也字下表本與此同案似茶陵是也注漢書曰漢元年表本茶陵本曰作高紀二字注尚書曰肆予敢求爾于天邑商表本

茶陵本曰上有王字無肆予二字 注天命不滔 案滔當作謟觀下注可見各本皆譌 注洫域池也 案域當作城後橫西洫而絕金墉句注可證下郛者何域外大郭也何校域改城是也各本皆譌 乃覽秦制 袁本茶陵本乃上有爾字案此無以考也 注棼橑已見西京賦 何校京改都陳同是也袁本亦誤茶陵本複出前注更非凡茶陵例改已見爲複出故其首題增補二字以後悉放此 雕楹玉碣 案碣當作舃善引廣雅碣而云碣與舃古字通謂賦文之舃與廣雅之碣通也其作舃甚明各本所見蓋皆誤 注山坻除也 袁本茶陵本無山字案此初亦無後脩添之而誤耳 注陵陛也 袁本陛作斗是也茶陵本作升即斗字之譌 仰福帝居 何校福改福云顏氏匡謬正俗云副貳之字本爲福從衣畐聲西京賦仰福帝居傳寫譌𢊁轉衣爲示讀者便呼爲福祿之福失之遠矣今案所校是也凡從衣之字每與從示混各本傳寫之誤與顏云云正同善自作福不作福也 注說文注曰 案注字不當有各本皆衍 大夏耽耽 袁本茶陵本夏作厦案此疑善夏五臣厦而失著校語又二本注中字盡作厦亦涉五臣亂之 注

然則既有九室表本茶陵本無既有二字案則字亦衍注蕢積也薛君曰蕢案當作薛君曰蕢積也六字各本皆誤注左傳子朱曰表本茶陵本左下有氏字無子朱二字是也蘭臺金馬表本茶陵本蘭上有外有二字案此無以考也疑善五臣之異二本失著校語尤所見獨未誤嗟內顧之所觀案嗟當作羌注同善引小雅廣言羌羌發聲爲注是其本作羌甚明表茶陵二本所載五臣良注云嗟歎聲是其本改作嗟亦甚明各本所見以五臣亂善又幷注中字改爲嗟益不可通特訂正之注漢書武帝故事案漢上當有善曰二字茶陵本此作善注其薛注長樂桂宮至殿名也十二字在上別以綜曰冠之最是尤本自此至末三十七字錯入薛注表本長樂云云十二字錯入善注皆大誤也又何校去書字陳同各本皆衍後宮不移表本茶陵本後上有於是二字案此無以考也官以物辨表本茶陵本辯作辨案此疑善五臣之異也注瓌奇也表本自此至末二十四字作善注茶陵本與此同案似茶陵是也注漢書舊儀云陳云書字衍是也各本皆衍注刻陗升高

也表本升作斗是也茶陵本亦誤升　注頫古字陳云古下疑當有俯字是也各本皆脫　注以函屋上表本茶陵本函作凾是也　注廣雅曰曲枅曰欒案廣上當有善曰二字茶陵本此作善注最是表本與此同皆非　注山海經曰陳云經下脫注字是也各本皆脫　注上爲清陽又爲陽表本茶陵本清陽作陽清是也　橧桴重棼表本茶陵本橧作增案此尤誤　轢輻輕鶩表本茶陵本轢作櫟案此尤誤注作櫟未改也　注彌竟也言望之極目表本茶陵本無此八字案無者是也表本複衍唐中已見西都賦七字亦非　注水潒瀁也表本茶陵本瀁作潒是也　注三輔舊事曰清淵北表本茶陵本輔作代案此當三輔三代重有三輔三代舊事屢引尤校添而又脫三代耳　注以廛任國中之地案廛下當有里字各本皆脫此載師職文也　注說文曰陁落也案陁當作陊各本皆誤　注劉逵魏都賦注曰案此有誤也吳都有蘭錡內設魏都有附以蘭錡今善於兩賦舊注中皆不更見此所引語無以決其當爲劉逵吳都賦

注曰或當爲張載魏都賦注曰也凡善各篇所留舊注均非全文　注司市胥師二十人　案十下當有肆則一三字各本皆脫此地官序官文也　注禪販夫婦爲主　表本茶陵本無禪字夫下有販字　注今大官以十日作　案日當作月各本皆譌　注謂作刀劒削也　表本茶陵本無謂削也三字下有晉灼曰三字案漢書顏注引如淳曰作刀劒削者尤依之校改也晉灼曰三字誤去　注武陵　何校武改茂表本亦作武茶陵本所複出作茂茂字是也　注蒼頡曰　何校頡下添篇字陳同是也各本皆脫　注五十里爲之郊　表本茶陵本之作近是也　注重車聲也　表本茶陵本無車字是也　繚垣緜聯　陳云善曰今並以亘爲垣案據此則正文及薛注中垣皆當作亘案所說是也善但出垣字於注其正文必同薛作亘至五臣銑注直云垣墻是其本乃作垣各本所見非　注植物草木動物禽獸　表本茶陵本此八字在上文薛注之下案依尤本當以正文植物斯生二句別爲節而係以此注及下善曰云云也　注夷堅聞而志之　表本茶陵本無此六字　注注曰

麓山足也表本茶陵本無此六字注爾雅曰梅柟表本茶陵本爾上有楠亦作柟四字案此校語錯入注也二本正文作楠蓋善柟五臣楠而著此耳注謂昆明靈沼之水沚也案沚當作阯各本皆譌注日出暘谷案暘當作湯下出自陽谷陽亦當作湯各本皆誤鮪鯢鰽鮂表本茶陵本鮂作鰌案此尤誤注郭璞山海經曰何校經下添注字陳同是也各本皆脫注鮦也案鮦上當有郭璞曰三字各本皆脫說見下注毛萇詩傳曰案此五字當作又曰二字各本與下互誤說見下注鮪似鮎案鮪下當有鱣屬鯢三字各本皆脫說見下注又曰案此二字當作毛萇詩傳曰五字各本與上互誤此節注所引郭璞曰鮦也在釋魚所引又曰鮪鱣屬鯢似鮎亦在釋魚所引毛萇詩傳曰云云在魚麗首章今脫落顛倒絕不可通爲之訂正如此注孟春鴻來表本茶陵本鴻下有鴈字是也奮隼歸鳧表本奮作集校語云善作奮茶陵本校語云五臣作集案各本所見皆非也薛自作集集隼與歸鳧對文承上四句而言猶揚子雲以鴈集與鳧飛對文也善必與薛同則與五臣

亦無異傳寫譌奮耳二本校語但據所見而爲之凡如此例者全書不少詳見每條下注奮迅聲也表本茶陵本無此四字案無者最是詳表茶陵所載五臣濟注有沸卉砰訇鳥奮迅聲之語旣不得於奮字讀斷亦不得移作上句之解尤不察所見正文奮爲集之誤乃割取五臣增多薛注以實之斯誤甚矣注賈逵國語曰何校語下添注字陳同是也各本皆脫注猗重較兮表本茶陵本猗作倚是也注馬冠也又髦案又當作乂各本皆譌注弧旌枉矢以象牙飾案牙飾當作弧也各本皆誤載獫獵獢案獵當作獦茶陵本作獦校語云五臣作獵表本作獵用五臣也二本注中字善獦五臣獵皆不誤表但正文失著校語尤注中上二字獦末一字幷改爲獵歧出非也獦獵同字凡善五臣之異不必其字不可通也各還所本來而同字亦較然分別矣全書例如此注同制也何校同改周陳同是也各本皆譌注虞初周說九百四十三篇初河南人也表本茶陵本此十五字作虞初者洛陽人明此醫術十字注以方士侍郎表本茶陵本無此五字注小說家

者流蓋出於稗官表本茶陵本小上有周說九百四十三篇八字無流字於字案此節注初同二本後尤脩改也注毛萇曰鬣案萇當作長各本皆譌以四字爲一句也注猶拔扈表本茶陵本扈下有也字是也拔疑跋之誤正文作拔下云拔與跋古字通似善引箋作跋也否則正文作跋爲與五臣無異乃與此注相應耳注趣向也案趣當作趨各本皆誤白日未及移其晷表本茶陵本無其字案此尤衍注輩輩飛也茶陵本不重輩字表本與此同案似重者是注括箭括之御弦者陳云御當作銜案之字不當有各本皆誤注鷹青脛者善曰表本無曰字茶陵本與此同案表本最是善字屬上讀以五字爲一句下文注象鼻赤者怒句例正同自此下盡不遠而獲皆薛注也尤茶陵甚誤注戰國策下至天下之駿狗也案依善例當作韓盧已見上文此十七字不當有各本皆誤此類不盡出注禮記曰犬下至謂若韓盧宋鵲之屬表本茶陵本無此四十二字朱鬒鬣髽案鬣當作鬛廣韻十三祭鬛露髻即出此善注引通俗文露髻曰鬛及善

音作計切也各本所見皆傳寫誤　注虎亦食人案亦當作爪各本皆誤　注其樂只且
辭也表本茶陵本重且字是也　注杜預左氏傳曰何校傳下添注字是也各本皆脫　注
空減無也表本茶陵本減作滅下同案此尤改之也　皇恩溥洪德施又　注皇皇
帝普博施也茶陵本正文下校語云善無此二句表本有無校語尤初亦無後脩改添入注七字表茶
陵皆無案善魏都賦注引西京賦曰皇恩溥似無者但傳寫脫其注七字未審何出也　注殺日多也
案日字不當有各本皆衍　注似石著繳也何校似改以陳同是也各本皆譌　注漢書曰
有淮南鼓貟案曰字不當有各本皆衍　布九罭案罭當作緎善注罭與緎古字通謂引毛詩爾
雅之罭與正文之緎通也蓋善緎五臣罭而各本亂之　注罝禁罣麗案罝字不當有各本皆衍此蓋
有依國語記罝字於罣旁者而誤在禁上也　注鯆細魚表本鯆作鰝茶陵本亦作鯆下同案鰝即鯆別
體字蓋表所見正文是鰝也　注李尤樂觀賦曰案樂上當有平字各本皆衍陳云別本有今未

見

烏獲扛鼎 案扛當作舡善注云扛與舡同謂引說文之扛與正文之舡同也蓋善舡五臣扛而各本亂之

注橫開對舉也 案開當作關各本皆譌

注扛與舩同 表本茶陵本舩作舡案此尤改之也

注羆豹熊虎 案熊當作龍各本皆誤

注襛衣毛形也 案衣當作襛各本皆誤

注委聲也 表本茶陵本委作重是也案此與上注重聲也可互證皆尤改之而誤

驪駕四鹿 案驪當作麗薛注云驪猶羅列駢駕之也驪亦當作麗唯薛正文作麗故如此注之若作驪不可通善必與薛同表茶陵二本所載五臣濟注云仍以驪馬駕之是其本乃作驪各本以之亂善而失著校語又并薛注中字改爲驪甚非

注掖庭今官 陳云今當作令是也各本皆譌

若鷩鶴之羣罷 表本茶陵本罷作羆下音媚美切案此疑善罷五臣羆也媚美切蓋善罷字之音凡善音合并六家多所割裂失舊尤又刪削不全俱詳在後

注君作故事 案事字不當有各本皆衍

注尚書曰自契至成湯 案書下當有序字各本皆脫

注尚書序曰 案此四字不當有各本皆衍

注盤庚遷于殷

陳云盤上脫尚書曰三字是也各本皆脫注漢書注曰齵齗茶陵本漢上有善曰二字案有者最是表本連上作薛注誤與此同注謂據疑表本茶陵本謂作諸是也

卷三○京都中注京都下至故曰京都中又東京賦注東京下至與班固東都賦同案此二節非善注也表茶陵二本不冠注家名於首恐并非五臣注但後來竄入耳注亡禹表本作憮亡禹切在注末是也茶陵本無非也注貴耳謂東京陳云耳下脫謂西京賤目五字是也各本皆脫注苦灰表本作枯灰切三字在注末是也茶陵本無非也注謂著翼也表本茶陵本此下有搏與附同四字是也注秦襄王子案秦下當有莊字各本皆脫注徵符合膺表本茶陵本膺作應是也注紙表本茶陵本作軹音紙三字在注末是也注如制禮也表本茶陵本制禮作禮制是也注陽城人名延何校城改成去人名二字是也各本皆誤案所引功臣表文人名二字乃或記於旁而竄入者善注失舊於此等可見矣損之又損之表本

茶陵本無下之字案無者是也此初亦無與二本同脩改誤添之

注善曰毛詩曰　陳云詩下脫序字是也各本皆脫

注勒銘於宗廟之器于鐘鼎　茶陵本無于字表本有何校去陳同

且天子有道　表本茶陵本且下有夫字案此善有以否無可考也

守位以仁　案仁當作人薛注作人善必與薛同其注亦自可證見下蓋五臣仁各本所見亂之

注綜作人　表本無此三字茶陵本有案於茶陵爲校語此誤存之也

注仁謂衆庶也　表本茶陵本仁作人是也此所改甚非

注何以守位曰仁也　案仁當作人各本皆誤考經典釋文云曰人王肅卞伯玉桓元明僧紹作仁然則王弼本周易自作人今本作仁者非善亦必作人乃與薛注相應不知者妄改之絕不可通所當訂正

注何用周固反易守乎　案反當作及各本皆譌

注土度也　何校土改測今案此疑土下有脫各本皆同無以補也

注薛綜曰轘轅坂下至故曰轘轅　表本茶陵本無此十八字案無者最是

漢初弗之宅　表本茶陵本宅下有也字案此善有以否無可考也

注北爲參虛

分野何校北上添河字今案此疑衍北字也區宇乂寧何校宇改寓案所改是也此薛注字作寓下文威振八寓德寓天覆正文皆作寓善此無注者詳在彼也各本所見皆非注昭明有融案昭上當有又曰二字各本皆脫善例如此餘不具出注爲水獸表本茶陵本水作木是也注舊章法令條章也表本茶陵本無此七字案無者最是注爾雅曰鸒斯何校爾上添善曰二字陳同下節首爾雅曰鶡鳩上亦然今案所校是也表本茶陵本此二節亦作薛注皆誤凡賦多誤善注爲薛其引書爲薛注所不及見如此爾雅郭璞注之類較然易辨又有疑無以明者難於輒定當俟再詳注頭尾青黑色表本茶陵本頭作短是也注謂各得其性也表本也下有鴨音匹鶻音骨鴆竹交切十字茶陵本與此同案表本乃眞善音之舊尤所見與茶陵皆誤注鴡鶻鴆類也表本茶陵本鶻鴆作鳩鵰是也注謂音聲和也表本也下有鷖麗古字通音離七字茶陵本有鷖麗古字通五字案表是也鷖下仍當有與字蓋脫於南則前殿靈臺茶陵本靈下校語云五臣雲表本作雲案此南宮雲臺也

德陽殿西有靈臺別在下文靈但傳寫誤耳薛注靈亦雲字誤下文靈臺薛亦別有注可見此薛與善並非靈字

注鉤盾今官陳云今當作令是也各本皆誤注不雕不刻也表本雕作彫是也茶陵本亦誤雕案此正文及下雕輦皆彫之誤也則洪池清蘌茶陵本蘌作籞注同表本皆作蘌何校改籞案蘌即籞別體字耳注則捕之表本茶陵本之下有音圍二字是也注周禮曰加籩豆之實何校去豆字是也案曰字亦不當有各本皆衍注有蔆芡也表本茶陵本也下有音儉二字是也注故

奢未及侈表本侈作奓茶陵本與此同案奓字是也二本薛注作奓可證尤幷改作侈甚非儉不至陋也茶陵本無故字是也表本亦衍動中得趣案趣當作趨注中此字兩見表茶陵二本皆作趨是薛與善自是趨字蓋五臣作趣而亂之尤幷改注中盡作趣甚非禮舉儀具表本茶陵本儀作義注同案此無以考也注言頒政賦教常表本茶陵本無教字是也注大合樂

射鄉者曰辟雍陳云鄉當作饗是也各本皆誤注鄭元周禮曰何校禮下添注字陳

同是也各本皆脱 注綜曰案此二字不當有此初無後脩改誤添袁茶陵二本每節有之不可相證 注魏相上封曰何校封下添事字是也各本皆脱 注善曰萬邦黎獻何校曰下添尚書曰三字陳同各本皆脱 注庸表本作音庸二字在注末是也茶陵本與此同非 注庭朝廷表本茶陵本廷作也是也 注東都賦曰下至歲首朔日也表本此十五字作三朝已見東都賦是也茶陵本複出非 注謂有彫飭也茶陵本飭作飾是也表本亦誤飭 左右玉几表本茶陵本几下有穆穆二字此初同二本有脩改無案不當有也蓋尤校改正之 注善曰百辟其刑之何校曰下添毛詩曰三字陳同各本皆脱 注尚書曰一日二日萬機表本茶陵本此九字作善注是也當在薛注下而首有善曰二字 注今憂恤之也陳云今當作令是也各本皆譌 注說文曰城池無水曰隍表本此八字作隍已見東都賦是也茶陵本複出非 注不敢迨遑案迨當作怠各本皆譌陳云別本作怠今未見但陳所云別本似即茶陵耳其不合者恐有誤亦不

具論注毛詩曰牲牢饔餼案詩下當有序字各本皆脫注爲而不持長而不宰表本茶陵本無而不持長四字注招明也有道案此有誤也陳云有上似脫明但招本不訓明詳下注蓋訓爲舉陳所說未是今無以訂之注周易曰六五案周上當有善曰二字各本皆脫何云綜以赤烏六年卒安得見王肅易注而引用之指此注下文也其說是矣但因而疑綜注假托則非蓋何未悟其自是善注耳善演連珠注亦引此王肅注也注禮記曰天子穆穆表本此七字作穆穆巳見上是也茶陵本複出非注琪如綦案如上當有讀字各本皆脫注一作飃表本無此三字正文作颸茶陵本作五臣作颸四字案此校語之誤存者也注垂十二旒名曰太常上畫三辰表本茶陵本名曰太三字作也案此尤校改之耳注當顱刻金爲之陳云當上疑脫錫字是也各本皆脫注鏤錫中央低陳云錫字疑衍是也各本皆衍注零表本茶陵本作軨音零三字在注末是也注蔡雍獨斷曰陳云此注及下注凡三引蔡雍說其上疑並脫善曰

二字以然重輪即重轂語觀之自是李氏文體與薛注不類今案所說是也當以正文重輪貳轄別爲節而注善曰至即重轂也於下注廣八尺案尺當作寸續漢書輿服志注引可證各本皆誤注與瑤同表本同下有祖狡切三字是也茶陵本無非注謂木勾孑戟也陳云木字衍孑當作子是也各本皆誤案續漢書輿服志注引無木字注農輿無蓋何校無改三依續漢志是也各本皆誤案志注引正作三注迤邪也表本也下有音弋氏切三字是也茶陵本無非注言相連也屬案也屬當作屬也各本皆倒續漢書輿服志注引可證注伏表本作音伏二字在注末是也茶陵本與此同非注綪茷大赤也表本茶陵本也下有茷音旆三字是也注參差縱横也表本也下有轇音膠輵音葛六字是也茶陵本無非注善曰後宮陳云後上脫漢書曰三字是也各本皆脫注以摑鼓何校摑改擿是也各本皆譌旆巳反乎郊畛茶陵本反作迴云五臣反表本反無校語案此蓋以五臣亂善注畛界也表本也下有諸鄰切三字是也茶陵本無非爰敬恭於

明神表本茶陵本敬恭作恭敬案二本是也蓋尤誤因注而改善注之例但取意同不拘語倒如引敬恭明神以注此恭敬於明神也不知者凡屬此例多所改易俱失其意條見於後**注恭敬明神也**何校乙恭敬二字是也各本皆倒**注毛詩鼓鼗鼗**表本茶陵本詩下有曰字又表本末有音淵二字是也茶陵本無非也**注馬融論語注曰佾列也**表本此九字作八佾已見東都賦是也茶陵本複出非**致高煙乎太一**茶陵本乎下校語云善作於表本作於蓋善乎五臣於校語有倒錯也上文當覲乎殿下者表茶陵亦作於不著校語似失之耳**注廣雅曰蒸蒸孝也**案廣雅曰三字不當有各本皆衍此非薛注所得引乃或記於旁而竄入者**注鄭元曰周禮注曰毛炰者豚**案周上衍曰字者豚當作豚者各本皆誤下注杜子春曰各本亦衍曰字也**注胹去其毛**案胹當作爓各本皆誤此所引在地官封人也**注飲食之豆**案飲當作饋各本皆誤此所引天官醢人文**注謂脇也**表本茶陵本也下有方薄切三字是也案凡此爲眞善音其疋文下博字乃五臣音耳全

書中俱依此例求之注太史順時視土案視當作覛各本皆譌注以冉表本作以冉切三字在注末是也茶陵本與此同非注東觀漢記下至行大射禮表本此十九字作合射辟雍已見東都賦是也茶陵本複出非注路鼓路鼗表本鼗下有鼗扶云切鼗音逃七字是也茶陵本無非注乏之音爲匱乏之之乏案音當作讀各本皆誤注皇輿夙駕何校皇輿改星言陳同是也各本皆誤注何休公羊傳曰何校傳下添注字陳同是也各本皆脫日月會於龍狵表本茶陵本狵作䝟注同是也又表本注末有䝟丁遘反四字是也茶陵本無非注毛詩曰春酒惟淳何校改春酒惟淳作爲此春酒陳云因此賦上文有春酒惟醇之語傳寫錯誤案此當有誤但何陳所改未見必然蓋無以訂也聲教布濩案濩當作護茶陵本作護云五臣作濩表本作濩用五臣也但失著校語尤以五臣亂善非其薛注中俱是護字尤并改作濩更非南都賦布濩善無注各本皆作濩似亦以五臣亂善而失著校語此及彼濩下皆音護即五臣音耳凡諸家用字互有不同其一家之中而復歧異

即恐有誤餘不悉出準此例求之注尚書曰聲教訖于四海表本此九字作聲教已見
東都賦是也茶陵本複出非注先期謂期日表本茶陵本無謂期二字是也注囿謂集
禽獸於靈囿之中案謂上囿字不當有各本皆衍注毛詩曰王在靈囿表本
此七字作靈囿已見上文是也茶陵本複出非注禮曰告備于王案禮上當有周字各本皆脫此
所引小宗伯職文也迄上林結徒營表本茶陵本迄下有于字徒下有爲字茶陵校語云善無于字
爲字表無校語何云匡謬正俗作迄于上林結徒爲營今案依文義善亦當有或但所見傳寫脫耳注一作
敘表本無此三字正文作敘茶陵本作五臣作敘四字案此校語之誤存者也注孟子曰下至曰
詭遇表本此二十二字作詭遇已見東都賦是也茶陵本複出非注左傳曰享以訓躬
儉表本此八字作訓儉已見上文也是也茶陵本複出非注一作瑣表本無此三字茶陵本作綜作
璅正文皆作瑣案此校語之誤存者也注言鄙陋不足說也表本茶陵本無陋字是也注

詩曰表本詩作善茶陵本詩上有善曰二字案似茶陵是也注成王有岐陽之蒐何校去王字是也各本皆衍注臯射埻的也表本茶陵本也下有臯牛列切埻之尹切八字是也注駋騎傳炬出宮案駋當作騶各本皆誤所引禮儀志文也注側角又注其筆表本作斮側略切獝其出切八字在注末是也茶陵本無非此去注末善音存正文下五臣音與茶陵同而誤注紆危又注移表本作蜲紆危切蛇音移七字在注末是也茶陵本無非此移善音於正文下與茶陵正文下五臣音不同而亦誤注蒲葛表本作扶葛切三字在注末是也茶陵本與此同非殘夔魖與罔像表本茶陵本像作象案象是也注正是象字注巨宜表本茶陵本作魖巨宜切四字在注中魖鬼也下是也注域表本作音域二字在注末是也茶陵本與此同非注有桃樹下茶陵本樹下有二人於樹四字是也表本亦脫注子侯表本作善曰陬音子侯切七字茶陵本作善曰陬子侯切六字在注末案茶陵是也注至於岱山宗柴表本茶陵本無柴字注謀恒寒若表本茶陵本謀作急

是也注他杜表本茶陵本作他杜切三字在注末是也注豐年多稌案多下當有黍多二字各
本皆脫注春扈頒鶥表本茶陵本頒作鴒是也左瞰暘谷案暘當作湯注同蜀都賦汩若
湯谷之揚濤注云湯谷已見東京賦即指此可證也吳都賦包湯谷之滂沛善湯五臣暘此賦亦然各本所見以五
臣亂善而失著校語注尚書曰永膺多福表本此七字作多福已見東都賦是也茶陵本複出
非注韓詩外傳曰下至獻白雉於周公表本此二十三字作越裳見下句是也茶
陵本誤與此同注音郎表本茶陵本此在注末是也注黃帝封泰山表本山下有已見上
文四字是也茶陵本複出非注抵側擊也表本茶陵本也下有征氏切三字是也注方直
也陳云直當作且是也各本皆誤注尚書曰天位艱哉表本此七字作天位已見上文是也
茶陵本複出非猶怵惕於一夫案怵惕當作惕戒善引尚書以注惕引方言以注戒引過秦論以注
一夫循其次序有戒字在惕下一夫上甚明又其下惕驚也三字乃薛注若如今本不容去怵注惕可見正文無怵

字但有惕字亦甚明不知何人誤認善注中怵惕以爲正文如此而改之其實與注轉不相應非也各本所見皆誤今特訂正

注惕驚也 案此乃薛注當在善曰上各本皆誤贅於善注下甚非凡薛注與善注舛錯失舊者多此例也

終日不離其輜重 表本茶陵本其作於案此無可考也

車中不內顧 案不字不當有薛注無不字可證也各本所見皆衍又善注魯論語曰車中不內顧亦不當有不字考論語釋文云車中不內顧魯讀車中內顧然則各本衍不字甚明近盧學士文弨鍾山札記曾舉正此條云漢書成帝紀贊顏注云今論語車中內顧內顧者說者以爲前視不過衡軛旁視不過輢轂云云其說是矣但失引證釋文耳

注車中不顧 案不當作內各本皆誤古文苑載此銘作車不內顧不當作中皆或記不字於旁此誤以改內彼誤以改中可互訂也鍾山札記引彼又載車右銘內顧自勑車後銘望衡顧轂爲證而不言此銘內字彼未誤蓋據誤本古文苑也

民忘其勞 表本民作人茶陵本校語云善作人下民心固結同案此尤以五臣亂善

注民謂百姓也 表本作人謂民也茶陵本與此同案此當作人謂百姓也薛注作民唐諱改人表本蓋誤

注毛

詩曰致王業之艱難何校詩下添序字陳同是也各本皆脫注子小表本作子小切
三字在注中勦勞也下是也茶陵本與此同非注不知人好共怨己陳云好字衍是也各本皆
衍注尚書曰夫常人案尚當作商君二字各本皆誤此所引在更法篇也注一作臭
表本茶陵本無此三字案此校語也二本正文作臭可借證蓋尤所見有而誤存之注烏瓜表本作烏佳切
三字在注中淫繩不正也下是也茶陵本與此同非注烏交表本茶陵本作烏交切三字在注中或作蛟上
是也而衆聽或疑表本茶陵本聽下有者字案此無可考注賔戲曰茶陵本賔上有荅字
是也表本亦脫注褫奪也表本茶陵本也下有直氏切三字是也注寗羸曰案羸當作嬴各
本皆譌注茲此也表本茶陵本無此三字
卷四○南都賦○注於歎辭表本茶陵本辭下有於孤切三字是也其正文下烏字乃
五臣音也凡合併六家之本於正文下載五臣音於注中
載善音而善音之同於五臣者每被節去表茶陵二本又

各多寡不齊蓋合併不一故所節去不一耳至尤本於正文下五臣音往往未嘗區別刊正而注中善音則節去彌甚其失善舊亦彌甚矣今取二本善音之可考者悉皆訂正其二本已節去在前則末由考之間有可借正文下五臣音推知崖略者然既非明文難以稱注西京賦曰下至爲説當俟再詳全書善音之例均準此

豫州也 表本此二十二字作周居豫州巳見西京賦是也茶陵本複出非

注郁郁京河 表本茶陵本京作荆是也

注武關山爲關在西也 茶陵本無此八字表本有何陳校皆去觀下注似不當有

注説文曰下至墉城也 表本此十七字作隍巳見上文墉巳見西京賦是也茶陵本複出非

注盪他浪切 表本茶陵本無此四字茶陵本有消音有三字表本亦無案茶陵是也

注淮南子曰隨侯之珠下至不繫之於珠璧也 表本茶陵本無此一百十七字表有隨珠夜光巳見西都賦九字茶陵有隨珠夜光見西都注八字案表本是也茶陵例改巳見爲複出此條其遺漏者尚屬善舊尤乃複出甚非

注惡 表本茶陵本作堊音惡三字在注中鄔音跪下是也

注山海經曰下至

出入有光表本此二十一字作耕父已見東京賦是也茶陵本複出非注嵣㟐山石廣
大之貌也表本茶陵本此下有嵣音蕩㟐音莽六字是也注嶚高也表本茶陵本此下有力彫
切三字是也注岝崿山不齊也表本茶陵本此下有岝仕革切四字是也注高而不
平也表本茶陵本此下有嵬昨迴切嵬牛迴切八字是也注高峻之貌也表本茶陵本此下有
礐士林切四字是也注相連之貌表本茶陵本此下有峮巳貧切嶙音鄰纚力是切十一字是也注
九六表本茶陵本作九六切三字在注中鞠高貌也下是也注班孟堅下至蒼山隱天
表本此二十四字作隱天已見西都賦是也茶陵本複出非注薛綜注曰區陬隅隙之
閒也表本此十一字作陬巳見西京賦是也茶陵本複出非注傾側也表本茶陵本此下有崎巳
宜切嶇巳嵎切八字是也注巖嶭高峻也表本茶陵本此下有巖在結切四字是也注毛萇
詩傳曰巘表本巘作巚茶陵本亦作巘案各本皆非也當作巚乃與正文相應茶陵本校語云善作巚否

則善當有巘甗異同之注今刪削不全又案西京賦陵重巘正文及注皆作巘而毛詩皇矣正義所引則爲甗字恐彼亦善甗五臣巘各本亂之如表本之此正文作巘而失著校語也

注小山別大山也表本茶陵本此下有魚蹇切三字是也

注奇殯表本作其殯切三字在注中是芝貌也下是也茶陵本與此同非

注嵤表本嵤音密三字在注末是也茶陵本與此同非

注東方朔下至閶風之顛表本此十七字作崑崙閶風已見西京賦是也茶陵本複出非

注櫻桃也表本茶陵本此下有革黚切三字是也

注有刺表本茶陵本此下有子力切三字是也

注荆也表本茶陵本此下有音萬二字是也

注中車材表本茶陵本此下有音姜二字是也

注智甲切表本作音甲二字茶陵本無案似表本是也

注皮可作索表本此下有稰音胥栩以奢切七字是也茶陵本無稰音胥非

注皮可以爲索表本此下有栟音并櫚音驢六字是也茶陵本無非

注栟未詳表本茶陵本此下有於良切三字是也

注似桑表本此下有檍音憶三字是也茶陵本無非

注花頭點也案花下當

有鬚字各本皆脫又表本茶陵本此下有而體切三字是也體當作髓 注以下黑 表本茶陵本此下有穀呼木切四字是也 注張載吳都賦注曰 案張載當作劉逵各本皆誤 騰猨飛蠝棲其間 茶陵本蠝作𤢖表本作儽案𤢖字是也注云蠝與𤢖同謂正文之𤢖可證也 注竹堇皮白如霜 案竹堇當作箽蓋一字誤分爲二表本亦誤茶陵本改堇爲箽非 注宋玉笛賦曰奇簳 表本茶陵本此下有古罕切三字是也案古文苑載此賦云奇篠異幹此疑脫彼幹即簳字耳 注二竹名 表本茶陵本此下有箛公都切箍竹隨切八字是也 注陸離猶參差也 表本無此六字茶陵本有案此六字表在所載五臣向注中無者是也 注翁竹貌也 表本此下有於孔切三字是也茶陵本無非 注雉 表本茶陵本作音雉二字在注中堯山下是也 注自客 表本茶陵本作濜自客切四字在注末是也 注今出南陽 表本此下有音禮二字是也茶陵本無非 注骨 又 注蔑 表本作滑音骨濊音蔑六字在注末是也 注言水洞出此穴沒滑濊潏疾流之

貌也表本無言水洞出此穴疾之八字是也茶陵本并善入五臣與此同誤注言廣大也表本茶陵本無此四字是也案二本在所載良注中注說文曰欲歠也表本此六字作欲已見上文是也茶陵本複出非注水行疾也表本茶陵本此下有他鸞切三字是也注水行出也表本茶陵本此下有徂立切三字是也注大聲也茶陵本此下有汃普八切四字表本無案茶陵是也注韓詩外傳曰漻案外字不當有各本皆衍凡本篇引韓詩外傳曰鄭交甫云云一條韓詩曰醴甘而不泲也一條韓詩外傳曰逍遥也一條及此一條皆當作韓詩傳曰如東都賦注引魯詩傳曰之例傳者葢所謂內傳其逍遥也句有脱各本皆同無以補之注水淚破舟表本茶陵本此下有音戾二字是也注疾流也表本此下有音域二字是也茶陵本無非注鰅魚有文采表本茶陵本此下有音禺二字是也注似鰱而黒表本茶陵本此下有鰱音連三字是也注蜯與蚌同表本茶陵本此下有步項切三字是也注古字通表本茶陵本此下有胡加切三字是也於其陂澤

表本無於字何校去茶陵初刻無脩者有案無者是也注知旅表本茶陵本作知旅切三字在注中積也
下是也其草則薦芓蘋莞表本茶陵本則下有有字案有者是也注薊之屬何校
薊改蔽案當作蒯蒯即蔽字也注似莎而大表本茶陵本此下有扶表切三字是也注小蒲
也表本茶陵本此下有胡官切三字是也注菰蔣也表本茶陵本此下有蔣子詳切菰音孤七字是
也案菰音孤善自音注中字耳正文蒲下孤乃因此竄入誤之甚者也注茆鳧葵表本茶陵本此下有
茆亡絞切四字是也注苦札表本作苦札切在注中鳧屬下是也茶陵本與此同非注步覓又
注吐雞表本作鸊步覓切鶙土鷄切八字在注中謂之鸊鶙下是也茶陵本與此同非注班孟堅
下至駕鵝鴻鶤表本此三十字作餘已見上注是也茶陵本複出非注鷀音磁表本茶陵本鷀
上有鸕良都切四字是也注所盤表本茶陵本作所盤切三字在注中灑分也下是也注老表本茶陵
本作音老二字在注末是也注去除也表本茶陵本此下有息列切三字是也注乾也表本

茶陵本此下有呼但切三字是也注直旅表本茶陵本作直旅切三字在注中麻屬下是也注之
餘又注煩又注析又注覔表本茶陵本作諸之餘切四字在注中甘柘也下音煩二字在
小蒜也下菥音析菥蓂音覔六字在末是也注蓼辛菜也表本茶陵本此下有力鳥切三字是也注
蕊香菜案蕊當在蘂下同各本皆譌集韻廿六緝云蘂香菜即本此注橋屬也表本此下有除
耕切三字是也茶陵本無非注陶隱居注曰表本茶陵本無注字是也注蓀楚銚戈
也何校蓀改萇陳同是也戈當作弋各本皆誤表本此下有萇音長三字是也茶陵本無非又注稃音
數表本稃上有秬音巨三字是也茶陵本無非注陟滑表本茶陵本作鷄陟滑切四字在注中寇雉下
是也注鱻小魚也表本也下有與鮮同三字茶陵本有肙連切三字案此當兩有與鮮同肙連切六字
注甘美也表本茶陵本此下有徒兼切三字是也注音精表本茶陵本此在注末是也注
殺又注尸然表本茶陵本作音殺二字在注中茱萸也下趲尸然切四字在注末是也注於問

表本茶陵本作於問切三字在注中醞投也下是也　注于公先王　表本茶陵本于公作祭于案此尤所校改也

注鼓瑟吹笙吹笙鼓簧　表本茶陵本無吹笙吹笙四字茶陵簧作琴表亦作簧案此尤所校改也

注不脫履升堂　案下當有曰宴二字各本皆脫　注玉謂之瑂　案瑂當作彫觀下注可見各本皆誤

朱帷連綱　案綱當作綢注綢繆也二綱字亦當作綢茶陵本云五臣作綢表本云善作綱各本所見皆非也

注咸以折盤爲七盤也　案咸當作或各本皆譌　注揭

高舉也　表本茶陵本此下有巨別切三字是也　注水波也　表本茶陵本此下有徒蓋切三字是也

注瀺灂隕隊　表本茶陵本此下有瀺士減切四字是也　注回波爲澆　表本茶陵本此下有公堯切三字是也

注說文曰蜩蛃下至若龍而黃　表本此十七字作蜩蛃蛟螭巳見西京賦是也茶陵本複出與此不同皆非

於是日將逮昏　表本茶陵本逮下校語云善作遙案遙但傳寫誤此蓋尤校改正之也

眞所謂漢之舊都者也　表本茶陵本視無者字是也

魯縣而來遷案視當作覡表本云善作視茶陵本云五臣作覡各本所見皆非善亦當作覡但傳寫誤視耳注皇甫謐曰下至升爲天子也表本此四十二字作堯以唐侯升爲天子巳見上文是也茶陵本複出非注求癸表本茶陵本作求癸切三字在注中揆度也下是也察茲邦之神偉表本云善作邦茶陵本云五臣作都案注中仍云此都似善亦作都也注說文曰崔表本茶陵本無此四字是也注逍遙也何校遙下添遊字陳同案各本皆無未審其所據也注刺邪也表本茶陵本此下有雖許規切四字是也注古熒表本茶陵本作古熒切三字在注末是也注周奇曰陳云周當作李是也各本皆誤注衯衯裶裶表本茶陵本此下有芳非切三字是也振和鸞兮京師表本茶陵本鸞作鑾是也注鄭元禮記注曰下至有鑾和之節表本此十九字作和鑾巳見上文是也茶陵本複出非注神農氏作陳云下有脫文今案當連引注作起也以注正文起焉而各本脫去乾聖人作釋文載鄭云起也但未審善果引何家耳注文王子孫

案子孫當作孫子各本皆倒○三都賦序○注三都者下至以辯衆惑表本無此四十六字有偏于海內四字是也茶陵本并五臣入善與此同非注三都賦成表本三上有臧榮緒晉書曰六字是也茶陵本與此同非注音旨表本茶陵本作氏音旨三字在注末是也注面相

序罪也案序當作斥各本皆譌陳云別本作斥今未見注忤表本茶陵本作音忤在注中巨墟肚大之意也下是也注虞書曰陳云書下脫序字是也各本皆脫○蜀都賦○注尚書

曰萬國咸寧表本此七字作萬國巳見上是也茶陵本複出非注在成都西南漢

壽界案壽當作嘉謂漢嘉郡也各本皆誤下所言在成都西北岷山界謂岷山郡晉書地理志之汶山郡也岷汶二字古每通用所言在成都南犍爲界謂犍爲郡句例正同注胡角又注步角又注扶

刎下表本作瀥胡角切瀑步角切八字在注中水沸之聲也下濆扶刎切四字在涌泉也下是也茶陵本有瀥呼角切四字餘無皆刪削也但胡作呼爲是注在朱堤南十里陳云堤當作提下生朱提南廣縣何

改提陳同是也各本皆譌賦是也茶陵本複出非

注淮南子曰下至入于濛汜表本此二十五字作湯谷巳見東京

注羣翔與古十餘陳云餘下疑脫日字是也各本皆脫

注可以醮祭而置也陳云置當作致是也各本皆脫

注火焰也音艷表本茶陵本焰作爓又表艷下有煽音扇三字是也茶陵無非也

金沙銀礫茶陵本礫作鑠云五臣作礫音歷表本作礫用五臣也尤以五臣亂善非下歷亦五臣音耳

注寢表本茶陵本作善曰檟音寢五字在劉注之下是也

注咆嗥也表本茶陵本此下有步包切三字是也

注宕渠縣名銅梁在巴東宕縣在巴西表本茶陵本無名銅梁在巴東宕縣八字案此尤校添之劉昭注續漢書郡國志引銅梁山在巴東也下縣當作渠

注資覩表本茶陵本作蒩資覩切四字在注中蒩蕺也下是也

注出巴東北新井縣水出地案新字當在縣字下北井二字當連文縣名也晉太康以前屬巴東郡見華陽國志出巴東北井縣爲一句新水出地爲一句

鼃龜水處案鼃當作元茶陵本作鼃云五臣作元表本作元無

校語此當是茶陵尤所見因劉注中元龜二字誤爲鼋字而改正正文者耳表所見正文及注皆是元龜字爲不誤也又正文下有元字乃割裂所見之校語以爲音茶陵亦尚無之恐讀者不察將致執此音以定善字特爲訂正焉

注鼋大龜也 表本鼋作元龜二字是也茶陵本與此同非案說已見上劉以大解元益顯然可知也

注其緣中又 案又當作乂下靈乂同見華陽國志涪陵郡下

注李尤七嘆曰 表本茶陵本嘆作歎案各本皆非也當作款

注昌志 表本茶陵本作昌志切三字在注熾赤也下是也

注厥土赤埴 案埴當作熾觀正文及下善注可見各本皆誤又尚書徐鄭王皆讀曰熾見釋文亦其證也

注在宗 表本茶陵本作賓在宗切四字在注中氣銳以剛下是也

注武帝樂府 何校帝下添立字陳同是也各本皆脫

注在漢壽西界 案壽當作嘉各本皆誤說見前下注九折坂在漢壽嚴道縣云云壽亦當作嘉也

注驛傳其詩奏之 案驛當作譯各本皆誤事在范書西南夷傳也

注出岷山在安都縣 案在字不當有安都當作都安各本皆誤下注金堤在岷山都安縣西又岷山都安

縣有兩山相對立如闕皆可證晉麋蕪布濩於中阿表本茶陵
書地理志汶山郡有都安縣也
本麋作蘪蘪案注中作蘪蘪麋注生越嶲郡無會縣案無會當作會
古通用或太沖自用蘪字
無各本注出岷山替陵山案替當作蠶山字不當有各本
皆倒皆誤晉書地理志汶山郡有蠶
陵縣也此注三言注一曰出廣都山案山字不當有各本
岷山皆謂汶山郡皆衍晉書地理志廣
都屬蜀注武蓋表本茶陵本作善曰沫武蓋注有水從漢
郡也切六字在劉注之後是也
中沔陽縣南流至梓橦漢壽縣案漢中二字不當有沔當
作江漢當作晉各本皆誤
續漢書郡國志犍爲郡江陽劉昭注引賦此注從縣南流
云云當據之訂正江陽晉書地理志屬江陽郡或漢中亦
江陽之誤水經潛水注引庾仲雍云墊江有別江出晉壽
縣即潛水也晉書地理志晉壽屬梓潼郡當據之訂正又
表本橦作潼是也注過漢壽南流案壽當作嘉各本皆誤
茶陵本亦誤橦水經沫水注云過漢嘉
郡可注雒水在上雒縣出桐柏山案上字衍出下當
證有潼山一曰在梓潼縣

出九字水經江水注曰洛水出洛縣漳山一言出梓潼縣柏山即本此當據之訂正洛即雒字漢書地理志漳作章漳即章字何駁善此注恐誤蓋未知水經注有其證故不悟各本皆脫衍而善自不誤也　注扶彪　又注六　又注普郎　又注度羅表本茶陵本作滮扶彪切陸音六滂普忙切滮度羅切十五字在注末是也　注蜀都臨邛縣案都當作郡各本皆譌下蜀都嚴道同　注亭表本作椁音亭三字在注中善曰下是也茶陵本與此同非　注百果草木皆甲坼表本坼作宅茶陵本亦作坼案作宅最是善讀宅如字觀下注所引根曰宅宅居也可知五臣乃音宅爲坼今竄坼音入正文下又改此注宅爲坼以就之俱大誤也　注皆讀如人倦之解解案之解當作解解之各本皆倒皆字複舉下以七字爲一句也　注令櫻桃熟陳云令當作今各本皆譌　芬芬酷烈表本茶陵本下芬字作芳字是也案此尤本譌字　注郭璞口上林賦注曰表本茶陵本空格有曰字此初亦衍後脩去　注若榴已見兩都賦陳云兩當作南是也表本亦譌兩茶陵本複出非　注榛與

槈同　表本茶陵本此下有側鄰切鎒呼亞切七字是也

其園則有蒟蒻茱萸　表本云善作園茶陵本云五臣作圖案各本皆非也園但傳寫譌耳

注俱字　又注許于　表本作善曰蒟俱羽切蒟許于切十字在劉注之後是也茶陵本無蒟俱羽切非

注溫調五臟　表本茶陵本臟作藏是也

注楊雄太元經曰　何云元避諱陳云宋人避當時諱改表本茶陵本不改尤所改僅此一處凡宋人諱字每不畫一也

注盈　表本茶陵本作善曰瀛音盈五字在劉注之後是也

注乃禮　又注墳　表本茶陵本作乃禮切三字在維葉梶梶下扶云切三字在注末是也墳是五臣音

注爾看既將　表本將作時是也茶陵本亦誤將

注徒兮　又注胡　表本茶陵本作鶘乃兮切鶘音胡七字在注末是也

注胡剛　表本作胡剛切三字在注中吭鳥嚨下是也茶陵本剛作江非

注鱸鮔鱛也　案鱸當作鮪各本皆誤吳都賦箋鮔鱛善注鮔鱛鮪也可借證

注張衡應問曰　案問當作閒各本皆譌

注左氏傳曰　下至在石渠門外　表本此六十字作爽塏已見上文承明已見西都賦是也茶陵

本複出非　注陽城蜀門名也　表本城作成茶陵本亦作城案門名不俟更言城必成字也以此訂
之正文亦當作成今各本皆有誤　注徒蘭　表本茶陵本作壇徒蘭切四字在注末是也　注縣　又
注直例　又　注光　又　注郎　表本作袮音縣㵦音直例切桄音光榔音郎十四字在注末是也茶陵本無袮
音縣非　注莫江　又　注公達　表本茶陵本作莫江切二字在注中則其言咙下公達切三字在讙
語也下是也　注白日也　案白字不當有各本皆衍　注黃潤纖美宜制禈　茶陵本禈
作禪表本亦作禈案似禪字是也　藏鏹巨萬　案鏹當作繈注同漢書食貨志作繈劉引之可證廣韻云
繈俗作鏹太沖時未必有此俗字也　注九兩　又　注浦覓　表本茶陵本作鏹九兩切鈲普覓切在注
末是也茶陵本無非　注殖貨志曰　何校殖改食陳同表本亦誤殖茶陵本作貨殖更非　注以持
禄養　案養下當有交字各本皆脫此所引臣道篇文也　扼腕抵掌　案抵當作抵注同表本善注末
有抵音紙三字最是茶陵本割裂紙字入正文下非尤又改紙爲紙益非廣韻四紙抵抵掌說文云側手擊聲也與

十一薺之抵迴然有别甚明西征賦爲蕭揚州作薦士表廣絶交論用抵掌者放此今皆作抵蓋誤由五臣而各本亂之集韻抵下重文有抵云或作抵可見其不分别久矣其羣書此字之誤不悉數

注桓譚七說曰　案譚當作麟各本皆誤後漢書本傳章懷注案摯虞文章志麟文見在者七說一首云云後七命注祭屈原文注皆引桓麟七說可證

注吉日兮良辰　陳云良辰當乙是也各本皆倒

注猶衛之雅質　案雅當作稚各本皆譌

注楚從宅西河長公思故處　案楚當作整長公二字不當有各本皆誤此音初文今本作殿整甲從居西河猶思故處此引多節也

注觀者萬堤　案萬當作方各本皆誤

朔別期期晦　茶陵本期晦作晦期表本與此同案注故曰朔別晦期也所複舉如此知正文作晦期爲是

注匹各　表本茶陵本作善曰洎匹各切六字在劉注之後是也

注善曰越人衣文蛇　案善曰下當有脫文各本皆同無以補之

注彭門鴻屼　案屼當作峴各本皆譌

注魏完南中志所記也　表本茶陵本完作宏是也

注文立蜀都賦虎豹之人

表本茶陵本無立至人八字茶陵本文作又表本亦作文
皆與下鍛翮相接連尤分節不當有又蓋并衍也晉有文
立劉並時人決非　注說文曰拍拊也　表本茶陵本說上有
所引尤添甚誤　皛當爲拍四字也下
有皛胡了切拍普格切貊丑于切十二字　注蔞盛貌　表本
案此善注之斷不容割裂者尤誤甚矣　茶陵
本此下有於堯　相與第如滇池　表本第作弟茶陵本亦作
切三字是也　第案表五臣注中作弟劉
注中作第仍不著校語第即弟俗字似劉亦作弟但傳
寫作第耳表所見五臣本不誤茶陵所見亦改爲第矣　注
音蟻　表本茶陵本作善曰艤音　注俗謂正船迴濟處爲艤
蟻五字在劉注之後是也
案迴當作向　注戶　表本茶陵本作音戶　漫乎數百里閒　表本
各本皆誤　二字在注末是也
茶陵本閒上有之字案此似　注善曰既載清酤毛萇詩曰
善五臣之異也今無以考之
表本茶陵本無詩字陳云善曰　注河圖括地象曰岷山之
下當有詩曰二字各本皆脫
地　案地當作精各本皆誤　注上爲天井言岷山之地上爲
水經江水注引作精也

東井維絡岷山之精上爲天之井星也袁本茶陵本無絡字案此注各本皆有誤今無以訂之

注善曰降巨宅土何校善曰下添尚書曰三字陳云脫是也各本皆脫

注在爵袁本茶陵本作在爵切三字在注中爵踈淨之貌也下是也

注漢靖王勝後也陳云靖上當有中山二字是也各本皆脫

卷五○吳都賦袁本茶陵本此下有左太沖劉淵林注七字是也尤脫左太沖三字劉淵林注四字倒錯入上行非

注吳都者蘇州是也後漢末孫權乃都於建業亦號吳案此一節非善注也袁茶陵二本不冠注家名於首說已見前

東吳王孫驏然而咍何校驏改囅陳云驏當作囅注同是也各本皆譌

玉牒石記案牒當作諜茶陵本云五臣作諜袁本作諜無校語牒但傳寫誤茶陵校語非劉注說文曰牒札也六字當作諜札也三字後注呂引說文稱爲許氏記字此非劉元文明甚善注說文曰諜記也諜記當作牒札因劉以札注諜而諜乃閒諜字故引說文牒以明之下云牒與

諜同正謂所引之牒與賦及劉注之諜同各本皆誤絶不可通 注呂氏春秋曰下至爲六合表本茶陵本無

此十一字案無者是也說見下 瑋其區域茶陵本瑋作偉云五臣作瑋表本作瑋案表用五臣也失著校語此以五臣亂善皆非

表本此二十字作六合已見兩都序是也茶陵本複出非 注陟升也下至謂舜也

齷齪而筭案齷當作握茶陵本云善作握此以五臣亂善非表本失著校語而善注引漢書作握未誤此并改齷益非 顧亦曲士之所歎也表本茶陵本顧作固陳云當作固案似固字是也

旁魄而論都何校稱潘稼堂耒云都字衍涉下論都而誤今案所說是也旁魄而論與上握齪而筭偶句各四字不當偏贅一字 注吾子謂西蜀公子下至其形如蹲

鵰故號也表本茶陵本無此九十三字案無者最是尤延之初刻亦無後乃添入故脩改之迹至今尚存凡此等語皆五臣以後不知何人記在行閒者尤校此書意主改舊遂悉取以增多而讀者相沿罕能辨正幸表茶陵二本均未甞誤各得反覆推驗決知其非特詳載之用俟刊正以下盡同此也 注蜻蛉縣禺山

案蜻當作青蛉下當有同字各本皆誤續漢書郡國志可證注四合爲九表本茶陵本無此四字

注各以數至下至度陽九之厄表本茶陵本無此三十六字有有九阨陽阨五陰阨四合爲九十二字案二本最是此所增多繆戾不可讀

安可以儷王公而著風烈也案儷當作麗著當作奢劉注引麗王公也麗字之證善注奢靡也尚書曰弊化奢麗奢字之證表茶陵二本所載五臣銑注云云作儷作著各本皆以五臣亂善與注不相應甚非

注王莽末時王蜀下至麗著也表本茶陵本無此四十二字有王此土而亡諸葛亮相此國而敗十三字案二本最是

注漢武柏梁臺衛尉詩曰表本茶陵本無衛尉二字

由克讓以立風俗茶陵本云五臣有俗字表本無校語案此與建至德以刱洪業偶句俗似傳寫脫尤校改正之也

故其經略茶陵本故下校語云善作固表本無校語案固似傳寫誤尤校改正之也

包括干越表本干作于注同茶陵本作干與此同注亦作干今案正文當作干善引漢書及音義當作干引春秋杜預注當作于春秋曰上當有一曰二字今注或盡作

于或盡作干皆未是注婺女越分翼軫楚分非吳分故言寄曜寓精也表本茶陵本作越楚地皆割屬吳故言婺女翼軫寄曜寓精也案二本最是尤改甚非注南越志下至出入此穴表本茶陵本無此二十一字注會稽餘姚縣蕭山瀵水所出何校姚改暨瀵改潘陳同案據漢書地理志校是也各本皆譌劉昭注續漢書郡國志引賦此注今本潘作潛考顏師古潘音甫元反然則瀵潛皆非注嵬嶷高大貌下至山水澗遠無崖之狀表本茶陵本無此三十七字注武林水所出龍川表本茶陵本作武陵龍川出其坰案各本皆非也當作武林水出其山謂漢書地理志錢唐之武林山武林水所出也二本涉上節正文而誤尤所校改未是注磈磈下至山深險連延之狀表本茶陵本無此二十五字注數州之間表本茶陵本數上有故曰二字是也注長邁不回之意表本茶陵本無此六字注潮波汨起下至昏暗不明也表本茶陵本無此二十九字注潏瀁表本茶陵本無瀁字

注皆水深廣濶也齊表本茶陵本無此七字注環異龜魚皆在水中生長表本茶陵本無此十字注航舡之別名表本茶陵本無此五字注長者數十里小者數十丈表本茶陵本數上有有字十作千無小者數十丈五字注東人謂斧斤之斤爲鱕案鱕當作鐇各本皆譌注烏賊魚腹中有藥表本茶陵本無腹字有字案中藥最是注如珍寶矣利如劒表本茶陵本矣作以是也以字下屬注言巳上魚龍潛沒泳其中表本茶陵本無此十字注淮南子曰水濁則魚噞喁表本茶陵本淮南作文案二本是也喁字不當有此善自引文子尤以淮南子主術訓改之其兩見皆無喁各本涉正文而衍注鶡鷄鳥也好鳴表本茶陵本無此六字注漪蓋語辭也表本茶陵本漪作猗下同案二本是也劉注爲漪善注爲猗尤幷改善作漪甚非注黕黕下至疾貌表本茶陵本無此十七字注物皆極之也表本茶陵本之作大是也注緜邈廣遠

貌表本茶陵本無此五字注馮隆高貌迢遞遠貌表本茶陵本無此八字注謂洲渚表本茶陵本渚下有也字是也注深奥之貌下至麗於島嶼之中表本茶陵本無此十五字注生其華藥仙人所食表本茶陵本生作食無仙人所食四字注漢書歌曰表本茶陵本無書字注無華表本茶陵本無此二字注玲瓏明貌表本茶陵本無此四字注朱稱鬱金賦曰案稱當作穆各本皆譌魯靈光殿賦注引作穆不誤嗟難得而覶縷案嗟當作羌注同表本皆作羌是也茶陵本亦誤嗟又案劉注爾雅曰嗟楚人發語端也爾雅無此文疑爾當作小即西都賦善注所引之小雅曰羌發聲也耳又案蜀都賦羌見偉於疇昔劉氏不注五臣改爲嗟此未改魯靈光殿賦羌瓌譎而鴻紛張載有注五臣亦未改前說善羌五臣嗟乃其大槩仍不可執一爲例有如此注道書曰下至下曰眞人表本茶陵本無此十四字注藹藹盛貌表本茶陵本無此四字注神異經曰下至出則天下大水表本茶陵本無此十八字注蓲

華也表本茶陵本無此三字注通口冬生表本茶陵本口作日案疑曰冬當作冬日也注
乾之亦表本茶陵本亦作赤是也以三字爲一句注其華離婁相貫連表本茶陵本婁
作樓是也注可食檳榔者陳云食下脫一食字今案此蓋當衍可字耳各本皆衍注以合
石賁灰案石當作古見下注各本皆譌注布濩下至分布覆被貌表本茶陵本無此二
十三字注蔕花本也菲菲花美貌也表本茶陵本無此十字注芬馥色
盛香散狀表本茶陵本無此七字木則楓柙櫲樟表本茶陵本櫲樟作豫章注同是也
案此尤誤改平仲桾櫏表本茶陵本作君遷是也案此尤誤改注仍作君遷未改可證字書雖有桾櫏
字但劉既不從木善又與劉同不得取而改之凡今所論是非意皆專主善何作楠榴之木案楠當作
南注中作南各本皆同表茶陵二本楠下有南音蓋五臣楠而亂之南榴複二字爲一木名與柟之別體作楠無涉
五臣誤也注尤好可以作器表本茶陵本無好字是也注宗生下至覆萬畝之

地表本茶陵本無此四十字注莊子曰表本茶陵本子作周是也注葉重疊貌表本茶陵本無此四字注輪囷謂屈曲貌下至相糾也表本茶陵本無此十九字注枝柯相重疊貌表本茶陵本無枝柯二字疊作之注縟繡下至露垂貌表本茶陵本無此二十一字注言木枝葉下至如律呂之暢表本茶陵本無此十五字其上則獶父哀吟表本茶陵本則下有有字獶作猿是也爭援縣垂茶陵本援縣作縣援云五臣作爭援縣垂表本作援縣用五臣也此蓋亦尤改耳注揮子下至見人嘯表本茶陵本無此十一字注居樹上表本茶陵本作樹上居是也注東吾諸郡皆有之案東吾當作江東各本皆誤下注箭亦有此句是其證也注上涌雲亂葉暈散表本茶陵本上作騰是也陳云亂下有枝字案古文苑所載有陳據之校耳注於菟虎也江淮閒謂虎爲於菟表本二菟字皆作塗茶陵本初刻同後改菟案塗是也依此則正文當是塗字表茶陵二本菟下有徒音蓋五臣菟而各本亂

之矣

注魑魅魍魎表本魑作螭是也茶陵本亦誤魑　注穎鋒也案鋒當作鐶各本皆誤

則篔簹箖箊表本茶陵本箖作林注同是也案此尤誤改　柚梧有篁案柚當作由注中作由各本皆同柚下由乃五臣音蓋五臣柚而亂之　注可以爲射筒筒及由梧竹案射筒當作筩射各本皆倒筒句絶射下屬詳劉注意篔簹也林箊也桂也箭也射筒也由梧也簝也箹也凡八竹此但可以爲筒耳非單名筒也　注漢書律歷志表本茶陵本無此五字　注伶倫乃之崑崙山之陰嶰谷之中取竹斷之以其厚均者吹之表本茶陵本此二十四字作伶倫乃之崑崙陰取嶰谷之竹斷其厚均者而吹之二十字是也　注鳳鶵也表本茶陵本無此三字　注周本紀曰表本茶陵本無此四字有皆字屬下　注非梧桐不棲表本茶陵本無此五字　注馴擾善也案當作擾馴也各本皆譌　注長直貌蓊茸表本茶陵本無此五字　注蕭瑟聲也表本茶陵本無此四字　注嬋娟言竹妍雅也表本茶陵

本無此七字注碧鮮下至出竹表本茶陵本無此十三字梂榴禦霜茶陵本榴下校語云善作劉表本作榴用五臣也此蓋亦尤改耳各本注中皆作榴疑注字有譌而尤誤據之注味大甘美表本茶陵本無大字美字注如猪膏表本茶陵本膏作脂是也注一作北景下至故名表本茶陵本無此二十六字注金華采者案此各本皆有脫無可補何陳校添金有華於采上云別本今未見恐誤涉下善注耳注言其如晢擿表本如上有有字是也茶陵本亦脫注鷄見而駭驚也表本茶陵本無驚字注又重累貌表本茶陵本無此四字又下崴烏乖切嵔故乖切八字亦無案下八字當有凡音各本不同二本刪耳注潛穎謂潛深而有光穎茶陵本二穎字皆作頴表本亦作穎案依文義頴字爲是依此則正文當是頴字茶陵校語云五臣作頴與尤所見皆傳寫誤表表本作頴用五臣唯無校語或所見未譌歟注珠玉潛伏土石下至黷黒茂貌表本茶陵本無此二十九字又下晢勑列切四字亦無案下四字當有二本刪者因正文下有勑列二字也下放此

不更出注四隅謂邊遠也表本茶陵本無謂邊遠三字注沾穴表本茶陵本沾下有此字注桴舟也表本茶陵本無此三字注因以殘半棄水中表本茶陵本殘作其水中作之是也注畛畷下至有徑有畛表本茶陵本無此十六字用累千祀表本茶陵本祀下有也字茶陵云善無表無校語案此與下文煥炳萬里也偶句恐無者傳寫脫注二十五世矣夫差益強大得爲盟主表本茶陵本矣夫差益強大得七字作益強夫差四字注大城周匝表本茶陵本無匝字注亦有水陸門皆案皆下當有樓二字各本皆脫注言經營造作之始下至長遠貌表本茶陵本無此二十字注西都賦曰表本茶陵本賦作賔是也注越絕書曰吳王夫差表本茶陵本無夫差二字注夫漢諸侯方輸口錯出表本茶陵本口作謂此初亦衍而後去之注蔡邕月令章句表本茶陵本句下有曰字又漢書下同表邕作雍茶陵本作邕案疑善盡作雍今雍邕錯見乃後人改之注前

吳都武昌在豫章表本茶陵本前吳作吳前無在豫章三字注在丹陽孫權自會稽下至不向武昌居表本茶陵本無此三十三字何云不樂從乃孫皓時事是矣但未悟非劉注案此不知何人謬記云云尤乃取以增多誤之甚者也注皆建業吳大帝所太初宮表本茶陵本無此十字有二字屬下案此增多云吳大帝上下增多云孫權一人之稱乖剌如此誤中之誤不勝辨正凡今於二本所無當刊削者譌誤亦不復論注捷獵高顯貌表本茶陵本無此五字注大

夫種表本茶陵本種下有蠡字案此尤刪似是也注以獻吳王夫差夫差大悅表本茶陵本無夫差夫差四字有王字注以飾殿也表本茶陵本無此四字注其子表本茶陵本無此二字注孫權移都建業皆學之表本茶陵本無此九字注長遠

貌表本茶陵本貌上有之字注崢嶸深邃貌表本茶陵本無此五字注櫎音榥茶陵本音作與是也表本亦誤音注吳後主下至碕巨依切表本茶陵本無此三十三字注

梁楄也下至爲瑣文櫨柱也表本茶陵本無此十六字注亘引也眈眈樹
陰重貌表本茶陵本無此九字注亹水流進貌表本茶陵本作亹進也案此當作亹亹進
也二本脱重亹字所引當是亹亹文王之傳或章句文尤改大誤後來考韓詩者從而認爲鳧鷖在亹誤中之誤也
注吳自宮門南出苑路府寺相屬表本茶陵本此十二字作建業宮前宮寺六字
注横塘在淮水南下至吏民雜居東長干表本茶陵本無此六十二字有横塘
查下皆百姓所居之區名江東謂山岡間爲干建鄴之南有山其間平地吏民居之故號爲干三十八字注皆
相連表本茶陵本連作屬是也注大長干下至故號大小相干表本茶陵本此二十
四字作疑是居稱干也六字注櫛比下至相連下之貌表本茶陵本無此三十二字注
嶇岸大度也下至石顯方鼎貴表本茶陵本無此三十三字注虞虞文秀
魏魏周顧顧榮陸陸遜陸吳之舊貴也表本茶陵本作虞魏顧陸吳之舊姓

也案二本最是何陳校改云云皆未悟非劉注今不取　注歧嶷下至養之乞言　表本茶陵本無
此十六字有賈捐之傳石顯方鼎貴九字案此九字疑亦後人添之　注言富貴也　表本茶陵本無言富
貴三字也屬上　注問閻闐噎言人物遍滿之貌　表本茶陵本無此十一字　注善
曰　表本茶陵本此下有後漢書云江充爲人魁岸案後字衍云當作曰尤延之移入劉注非　注方家隆
盛時乘　表本茶陵本無此六字　注江都輕訬　案輕訬當作訬輕各本皆倒　注謂輕
薄爲訬也　表本茶陵本無謂輕訬三字案此不當有見下　注絺結也翩翩往來貌
弈弈輕靡之貌　案此三句亦不當有上引景十三王述下引淮南高注相連接解輕訬後人添之隔
截其間非凡尤本誤取增多之外表茶陵二本亦有失善舊者如此是矣　注使人於楚楚相春
申君處　表本茶陵本無楚楚相處四字　注而迎之趙　表本茶陵本無此四字　注趙關
扛鼎下至能招門開也　表本茶陵本無此十五字　注漢書曰項羽力能扛

鼎又表本此十字作扛鼎巳見西京賦是也茶陵本所複出不同亦非注四隩來曁下至以向吳都表本茶陵本無此三十字開市朝而並納表本茶陵本並作普案此蓋善並五臣普二本失著校語雜沓從萃表本茶陵本從作縱案此蓋善從五臣縱二本失著校語又二本注中亦作縱非注隧向市路肆市路也表本茶陵本無此八字金鎰磊砢表本茶陵本鎰作溢注同是也案此尤誤改耳注史記曰趙孝成王一見虞卿表本茶陵本記下有虞卿傳三字見下無虞卿二字注闌干猶縱橫也表本茶陵本無此六字注又折象牙以爲簟也表本茶陵本無折字儷譶眔㺒表本茶陵本儷作灑案此蓋善儷五臣灑二本失著校語琴賦紛儷譶以流漫廣韻二十六緝儷言不止皆可借證也又考集韻云灑譶言不止疑五臣灑又灑之譌耳注諻吁橫切諻通也表本二諻字皆作喤茶陵本作喤通也無吁橫切諻四字案各本皆非也方言有諻音也在十二卷別無諻通也此當作諻音也吁橫切諻與喤通今所誤不可讀注紛葩謂舒

張貨物使覆映袁本茶陵本無此十字　注謂之霡霂袁本茶陵本霂下有霡音脈三字是也　注富中大塘中也句踐治以爲田袁本茶陵本塘下無中也二字田上有義字是也案此所引記地傳文　注尚書曰惟辟玉食袁本茶陵本無惟辟二字　注言富中之食貨殖之選者各利案食當作人陳云各利當有脱文各本皆同無可補也以意揣之似當云各乘其時而射利　注言農人之富自相夸競袁本茶陵本無此九字　注以自救袁本茶陵本救下有謂此也三字　注左傳曰吳賜子胥屬鏤袁本茶陵本無左字是也　注走追奔獸接及飛鳥袁本茶陵本無此八字　注鱄諸寘劒於全魚中袁本茶陵本無全字　注遂殺闔閭也袁本闔閭作王僚是茶陵本亦誤闔閭　注上大下小袁本茶陵本無此四字有者字屬上　注犀皮爲之袁本茶陵本無此四字　注奉父犀渠案父當作文各本皆譌此所引吳語文今本犀下有之字疑亦脱也　注考工記

曰越鐵利可以爲戟表本茶陵本無此十一字注皆節理解落也表本茶陵本無落字注陳王卒表本茶陵本王作士是也注鐸施號令而振之也表本茶陵本無此八字注一校千二百九十六匹表本茶陵本無一字是也案此節鄭注而引之乃五種合之數尤所添甚誤注狼⿰月荒人夜齅金知其良不表本茶陵本無人夜其不四字注又有象林郡案又字不當有郡當作縣各本皆誤晉書地理志云交州日南郡秦置象郡漢武帝改名焉統縣五象林云云可證也注周禮有巾車官又表本茶陵本無此七字注日月爲常重光謂日月畫於旂上也攝持也表本茶陵本此十七字作有日月爲常重光謂日月重光也十三字注不能表本茶陵本無此二字注列女傳曰下至故號之表本茶陵本無此二十三字注染絲織鳥畫爲文章置於旗旗也表本茶陵本此十三字作鳥爲章也四字注袀同也案當作袀服皁服也各本皆涉五臣謂下同服

而脫誤劉昭注續漢書輿服志引賦此注云袀阜服也可證但彼袀下仍當有服字耳

注騏馬名表本茶陵本無此三字

轂騎煒煌表本茶陵本煒作熠案此蓋亦尤改耳

注謂張網周遍表本茶陵本無此五字

注瑣結下至言不絕也表本茶陵本無此十三字

注蹏兔網表本茶陵本無此三字

注周易曰何校易下添略例二字陳同是也各本皆脫

注禦禁也謂因沅湘爲藩落也表本茶陵本禁下有苑字無因沅湘三字

猿臂骿脅表本茶陵本猿作猨骿作駢案此尤誤改也

注骿脅今駢幹也骿駢通表本茶陵本無此九字

注鷹瞵鶚視言勇士似之也表本茶陵本無此十字

注犬獷不可附也案犬獷當作獷犬各本皆倒今說文獷犬獷獷不可附也蓋善節引

注說文曰瞵下至䍚音浪表本脫此注非茶陵本無拉攦莾䍚四音刪也

注尚書曰稱爾干案尚上當有善曰二字各本皆脫表本茶陵本干下衍戈字益非又此節注二本無佻他弔切又步寸切兩音刪也

注史記曰荆

輌怒髮直衝冠表本茶陵本無此十字注熛火燗也表本茶陵本無此四字有鳥擇木而棲五字注故云鳥不擇木獸不擇音表本無此十字茶陵本有案表本有脫誤茶陵尤所補亦未是注麖大麋也桂林有麖茶陵本二麖字作麋表本亦作麋案各本皆非也當作麖注如馬又注鋸牙又注能食虎也表本茶陵本無此八字注猱似猿奴刀切狿音亭表本茶陵本無此九字案二本刪音也似猿二字尤增注一名雲白案白當作日各本皆譌羣書或言運日或言暉日或言鴆日運暉鴆與此雲皆同字注左氏傳曰下至豹走貌表本茶陵本無此十六字覽將帥之拳勇陳云據注拳當作權案所說是也善注毛詩曰無拳無勇拳與權同謂引詩之拳與此賦之權同也疑五臣以此改正文爲拳但於注無明文耳與士卒之抑揚何校抑揚改揚抑陳云抑叶韻各本皆同蓋倒也注言吳之將帥皆有拳勇表本茶陵本無此九字又此節注茶陵以下多脫不具論注女六切拉頓折

也表本茶陵本無此七字案二本刪音也下四字尤增注押兩手擊絕也表本茶陵本無絕字注靡碎也表本茶陵本無此三字注人因爲筒下至而得禽之表本茶陵本無此二十八字又此上梟羊善食人下至而後食之二十五字表有茶陵無注剖亦刲也表本此下有居綺切三字是也茶陵本無非應弦飲羽表本茶陵本飲上有而字案此上自魂褫氣懾下及雜襲錯繆似各本皆有誤今無以訂之也又後文自若此者下及曲度難勝亦然附出於此以俟再詳注周章謂章皇周流也表本茶陵本無此八字注踶跋促遽皃表本茶陵本無此五字注雜襲下至澤別名表本茶陵本無此十九字注王逸曰豐隆雲師也茶陵本有此八字表本無注春秋元命苞曰日月案日字不當有各本皆衍迴靶乎行邪睍表本茶陵本無邪字案此蓋尤取西京賦之遷延邪睍改行爲邪仍未去行字而兩有行邪耳注說文曰艘下至船別名表本茶陵本無此二十三字注船上下四方施板者曰

艦也表本此十一字作艦大船也四字茶陵本此節注多脫槁工檝師表本茶陵本槁作篙注同案尤取方言改篙爲橋而又譌成槁也注昔吳王下至後爲神表本茶陵本無此十六字注

弋繳射也表本茶陵本無此四字鱺鱨魦案鱺字誤也劉善皆無注表茶陵二本下音所買西京賦纚鱺鮋薛注云纚網如箕形狹前廣後善曰纚所買切蓋此賦字本與彼同故善不更注所買即善音二本割裂入正文下尤刪削之善音失舊每如此也又江賦云箭灑連鋒善引舊說曰箭灑皆釣名也灑所蟹切彼灑亦即纚也或爲網或爲釣說之者有不同耳可證鱺字各本所見皆傳寫誤注筌捕魚器今之斗

回也表本茶陵本無此九字注攙搶星也表本茶陵本無此四字注上直魚生一表本茶陵本魚作異一作三是也案生當作九各本皆誤注言微小也表本茶陵本無此四字

注鰝大魚鰕音遐案魚字不當有鰕屬上讀表本茶陵本無鰕音遐三字乃刪音而誤於衍字絕其句也又上魪下犗兩音二本無亦刪注又曰櫳兼有也案又當作說文二字各本皆脫誤

注其釣惟何　表本茶陵本惟作伊案此尤改非是　注善曰家語曰　表本無此五字案無者最是說見下茶陵本亦無但移此下楚昭王云云入後善注中而依家語改其文大誤　注使問孔子　表本無使字是也　注可剖而食之　表本可作令是也　注得此鳥魚　表本茶陵本無魚字案此尤補也下注失其鱗翼也失上似各本脫亡字　注戰國策曰　表本戰上有善曰萍實見家語七字案有者最是茶陵本亦有善曰但改萍實見家語爲家語楚昭王云云大誤說在上　注蛟螭龍子也　表本茶陵本無此五字　注不出之也　表本茶陵本之下有珠字　注善曰回淵水也　案當作善曰說文曰淵回水也各本皆脫誤魏都賦回淵灌善注可證也　注大龜也　下至目不明也門撥切謂之潛隱之穴也　表本茶陵本無此四十三字案此尤所添最誤劉注眛目也與目不明之眛迴不相涉又於賦文義難通門撥切一音乃尤弁添不在善音二本刪之例　注徇求也襲入也　表本茶陵本無此六字案無者是也但當有善曰二字觀下注可見表茶陵作劉曰劉即善字

之誤也　注風初貌案初當作利各本皆譌　注太湖在秣陵東湖中表本茶陵本在秣陵東四字作也字湖下有水字　注軍所以討獲曰實表本茶陵本作軍實所獲也五字　注鍾儀在晉使與之琴表本茶陵本無此八字　注允繼也下至任南樂名表本茶陵本無此二十四字　注吳歈蔡謳表本茶陵本歈作愉是也　注翁習容裔下至容與閑麗也表本茶陵本無此十九字　注詩曰唱予和女表本茶陵本無此六字　注坻頽崩聲也下至因爲隴坻之曲表本茶陵本無此十九字　注匏巴鼓琴表本茶陵本匏作瓠是也　注鄙曲也表本茶陵本無鄙字　注汁猶愜也茶陵本愜作叶是也表本作叶猶汁也誤　魯陽揮戈而高麾何校揮改援案以揮麾文複言之蓋是也各本皆誤耳　注楚辭曰日吉兮辰良表本茶陵本無此八字　注楚將也表本茶陵本無此三字　注與韓遘何校遘下添難字陳同是也各本皆脫　注良辰之所以

覺也表本茶陵本也作速是也注以適己之盛觀也表本茶陵本觀作歡是也注埶玉帛而朝者表本茶陵本無而朝二字注先王謂舜等也信讀爲申表本茶陵本無此十字注與齊晉爭衡下至號孫子兵書表本茶陵本無此五十五字案無者最是上文起軍下文北征四字爲句盡晉亞之皆引吳語文五十五字在其閒誤甚矣可見凡增多者之決不當有也注晉惡之表本茶陵本惡作亞是也注叔孫通列傳曰下至猶世也表本茶陵本無此二十三字注如童表本茶陵本無此二字注山言此人等仙如蟬之脫殼表本茶陵本無此十一字注槁葉落表本茶陵本無此三字畢世而罕見丹青圖其珍瑋表本茶陵本無而字其下有象字案此尤添刪之觀下文偶句蓋是也詳劉注云象類者解上文比焉之比非正文有象或誤認而衍之耳注書曰舜南巡狩陟方死表本茶陵本無此九字有善曰二字案二本最是注子宅湫隘表本茶陵本隘作阨茶陵脩改亦作

監案此蓋劉引自作阨注帝王居之表本茶陵本無此四字而與夫檮木龍燭
也表本茶陵本檮作尋注同案此蓋亦尤改之耳而與桯梏踈屬也表本茶陵本與下有夫字
案此尤本脱耳注適爲夫子時也表本茶陵本爲作來是也注莊子曰有繫下至
懸絶曰解表本茶陵本無此十九字注亦如此也善曰表本茶陵本也下有确薄也三
字善注末無此三字是也謳詭之殊事表本茶陵本謳作嵓注同案此蓋亦尤改之耳注輪巳
崇則人不能登也輪巳庫表本登也輪三字作升字二巳皆作以案表本是也劉引自如
此茶陵本與此同皆取考工記改之耳注不委細之意表本茶陵本無此五字注粗謂
覔言其梗槩案謂當作爲各本皆誤陳云別本爲今未見注梗槩粗言也表本茶陵
本無此五字
卷六○魏都賦○注魏曹操都鄴下至以魏都依制度表本茶陵

本無此一節注是也案此二本亦尚未窺入其并非五臣注更明 左太沖 茶陵本此下有劉淵林注四字表本無案各本皆非也當有張載注三字何云前注張載爲注魏都陳云賦末善曰張以𢙟先隴反云云則知卷首本題張孟陽注與前合後來誤作劉淵林耳所説是也表茶陵賦中每節注首劉曰皆非蓋合併六家時已誤其題矣 注爾雅曰權輿 表本茶陵本無爾雅曰三字 注劇秦美新序曰 案序字不當有各本皆衍 注班固漢書述曰彰其剖判 表本茶陵本無此十字 注楊雄交州箴曰 表本茶陵本無交字案漢書曰作州箴餘所引有某州箴者疑皆後人所添而此爲是也 注杜篤通邊論曰親録譯導綏步四來 表本茶陵本無通録四來四字案尤校添之也 以中夏爲喉不以邊垂爲襟也 表本茶陵本喉下有舌字襟下有帶字案詳注皆不當有二本非又襟依注字善作衿蓋五臣襟而各本亂之 注而附著於大中之道也 表本茶陵本而作又不無於字 注莫不貢職 表本茶陵本貢職作來貢案尤校改之也 注漢書

曰單于下至百蠻貢職表本茶陵本無此十九字而徒務於詭隨匪人茶陵本人作民云五臣作人表本作人無校語案民字是也尤以五臣亂善又并注同於匪民亦改人皆非注詭隨匪人言詭善隨惡表本茶陵本詭隨匪人言五字作徒務於三字注詭隨詭人之善隨民之惡表本茶陵本無上詭隨二字惡下有者也二字注言惡也表本茶陵本無此三字注小劍戍去大劍表本茶陵本無戍字案此尤校添戍字而譌耳注蹶敗也善曰表本茶陵本無善曰二字案有者非也注名赤縣神州赤縣神州內自有九州表本茶陵本無下赤縣神州四字注崑崙謂東南表本無謂字是也茶陵本亦衍注于時兵所圍繞表本茶陵本繞作也是也注臣今見宮中荊棘表本茶陵本荊上有生字注宮室深邃之貌表本茶陵本無宮字注沈長含切表本茶陵本切作反案反字是也凡善本云反合併以後改爲切其僅存者皆不當改也注廣雅曰煨燼也烏

壞反廣雅曰煨煙也案此有誤也考廣雅並無煨燼也又其下不當又云廣雅曰各本皆同無以訂之唯釋詁云煨煴也下煙必煴之誤注又曰矢鋒也陳云矢上脫鏑字是也各本皆脫注牢落下至翮連緜以牢落表本茶陵本無此十六字亦獨轡麋之與子都表本茶陵本獨作猶案猶字是也尤誤注色如漆赭表本茶陵本無赭字注子都美丈夫也表本茶陵本無此六字注二山名已見上文表本茶陵本無已見上文四字案二當作三各本皆誤則霜露所均茶陵本均作鈞云五臣作均表本作均無校語案表用五臣也尤蓋以五臣亂善注則爲明主也表本無爲字是也茶陵本無上左傳至此脫注善曰史記表本茶陵本作劉曰當魏襄王時案二本最是當魏襄王時者上數所賦以前也尤改誤又二本每節首有劉曰於此例當去改爲善曰更誤注蘇秦說魏襄王曰表本茶陵本無襄字注南有陳何校陳下添留字是也各本皆脫注潁川舞陽郾許鄢樊陵表本茶陵本無樊字案無

者是也川下當依漢志補之字各本皆脫潁川郡也舞陽以下皆縣也潁川郡屬縣有郾陵尤添樊字於其間甚誤

注温水在廣平都易縣 何校都改郡易下添陽字是也各本皆誤晉書地理志之廣平郡易陽縣也陳云別本都作郡今未見

注淯水蕩其胷 案淯當作清各本皆譌

注閟宮有洫 表本洫作侐茶陵本亦作洫案侐是也

注蒼頡篇斥下至廣大之貌 表本茶陵本無此二十九字

授全模於梓匠 表本校語云善作令模茶陵本作全模校語但云五臣作謨案尤所見與茶陵同注無明文未審善果何作

注謀龜謀筮 表本茶陵本作尚書曰謀及卜筮案蓋各本皆非也載注但當有謀及卜筮四字下文善注首尚書曰謀及卜筮七字茶陵本無非也表有是也如下節載注陂傾也善注鄭元禮記曰陂傾也可以例此

注以避燥濕 表本茶陵本燥濕作温涼案此尤以今荀子校改之孟陽引不必同改者未是

注又曰僻取也子軟切 表本茶陵本無此八字

注詩定之方中 表本茶陵本詩下有云字是也

注西都賦曰因瓌材而究奇抗

應龍之虹梁　袁本茶陵本無此十六字　注西京賦　袁本茶陵本西上有西都賓曰抗應龍之虹梁十字　注又曰蹠龍首以抗殿　袁本茶陵本無此八字案彼賦龍首與此夐然不涉尤增多誤甚　注謂畫爲龍首於椽　袁本茶陵本無畫於椽三字

暉鑒抰振　案抰振當作柍桭注同各本皆譌柍桭見甘泉賦太沖用其語彼不誤可證也

階隋嶙峋　案隋當作楯善引應劭上林賦宛虹拖於楯軒句注可證袁茶陵二本所載五臣翰注云階隋隋階道上處蓋五臣改爲隋而各本亂之茶陵本并善注中字亦改爲隋大誤　注深黑色也　袁本茶陵本無深字黑字　注抵鍔嶙峋　茶陵本抵作柢袁本與此同案各本皆非也當作坻　注德陽殿賦曰　何校德上添李尤二字是也各本皆脫　注西京賦曰下至若雙闕之相望　袁本茶陵本無此十六字　注內朝所在也　袁本茶陵本所在作存案此尤改也　注蔡雍陳留太守頌曰　袁本茶陵本蔡上有元化自此陶甄而成國風於是有稟承也十六字案有者是也尤誤脫去　注漢書音義如淳曰

表本茶陵本作如淳漢書注曰案此亦尤改也蕙風如薰何引潘校蕙改惠案所校是也善注可證表茶陵二本所載五臣銑注云蕙香草是五臣改爲蕙而各本亂之注聽政殿聽政殿門表本茶陵本此七字作聽政殿前四字案各本皆非也當作聽政殿前聽政闥七字爲一句注聽政門前升賢門案上門字當作闥下節注云升賢門内聽政闥外與此相承接各本皆譌注崇禮門右順德門案崇禮門三字不當有乃誤複上文各本皆衍注顯陽門前有司馬門表本茶陵本無顯陽二字注闈守門也下至守王門表本茶陵本無此十一字注音此禮切下至惠風橫被表本茶陵本無此十四字注邊讓帝臺賦曰何校帝改章華二字陳同是也各本皆誤注聽政闥向外表本茶陵本無向字案無者最是四字爲一句注宣明門内升賢門升賢門外案升賢門三字不當重宣明門内四字爲一句與上之升賢門内下之顯陽門内句例同也升賢門外四字爲一句與上之聽政闥外下之宣明門外句例同也又表本上升賢門下有而字

茶陵本有內字何校云然此四字疑衍陳同是矣　注禁中諸公所居曰表本茶陵本無此七字　注始置侍中中尚書表本茶陵本無下中字　注幕人掌幄弈表本茶陵本作弈人掌幄案當作幕人掌幄此無取弈也尤改未是　丹青煥炳表本茶陵本煥炳作炳炳煥案此疑善五臣之異今無以考之也　注咎繇薦舜曰何云薦疑作謩陳云當作謩是也各本皆誤　注周禮曰正宮掌宮中次舍表本茶陵本無此十字　注謂次舍之名以甲乙紀之也表本茶陵本名作處紀作緣案此亦尤改也　注文藻頌詠也表本茶陵本頌上有而字　亢陽臺於陰基表本茶陵本臺下校語云善作高案此以五臣亂善非　注文昌殿西有銅爵園園中有魚池堂皇表本茶陵本無上有字不重園字　注既滋蘭之九畹表本茶陵本無既字之字　注莊子曰表本茶陵本子作周案二本最是此稱莊周舊注例也若稱莊子善注例也餘舊注誤者準此不更出　注流沫三十里黿鼉魚鼈

之所不能遊也表本茶陵本三作四無魚鼈二字注有屋一百一間表本茶陵本有上有銅雀臺三字是也注一百九間氷井臺有屋此九字表本茶陵本無案尤校添者是也蓋依水經濁漳水注凡二本之誤多不具論唯此等經尤延之而改正讀者所當知故詳出之注百四十五間表本茶陵本四作三案水經注作四尤依校改注上有氷室三臺與法殿表本茶陵本上上有氷室臺三字室三臺作三室案尤校改者是也水經注云上有氷室詳賦云下氷室而沍冥上字必皆下字之譌注爲徑周行此四字表本茶陵本無案二本脫也注魯靈光殿賦曰下至似紫宮之崢嶸表本茶陵本無此二十五字注魯靈光殿賦曰表本茶陵本賦下有注字注此鳳之有定有住尚向風而無一方案此當作此鳳之住有定向七字爲一句而風無一方五字爲一句各本皆誤絕不可通今訂正之注眸眸子也表本茶陵本無此四字注班固西都賦說臺曰表本茶陵本無說臺曰三字注彌

望得意之謂也表本茶陵本得意之謂作意之得注若春升臺之爲樂焉表本茶陵本無春字注晷漏漏刻也表本茶陵本下漏作之又也下有西上東門北漏有刻屋也十字案有者是也尤誤脫去上東當作止車前注南當南止車門又有東西止車門表茶陵止車皆作上東考水經注說長明溝南逕止車門下然則上東非也此亦當同彼矣屋當作室注晷景案景下當有也字各本皆脫注樂汁圖曰案圖下當有徵字各本皆脫注服虔甘泉注曰何校泉下添賦字陳同是也各本皆脫隆廈重起案廈當作夏載注引詩夏屋善必與之同蓋五臣廈而各本亂之下文廈屋一揆亦如此注寇俠城堞表本茶陵本無堞字案此尤校添也注毛詩云夏屋渠渠表本茶陵本無毛字案無者最是此稱詩舊注例也若稱毛詩善注例也其有不合者非餘各本皆誤者準此不更出凡劉淵林張孟陽諸人之注皆未必是毛詩觀下膴膴坰野句注即可知矣注廣尋長五十步表本茶陵本無長字案此尤校添也蒲陶結陰茶陵本蒲下校語云善作蒲表本無校語案此尤改

未必是也表本載注字亦作蒲然則所見與茶陵同失著校語耳尤并注改作蒲非蒹葭贇表本茶陵本贇作贇注同是也贇俗字耳廣韻所謂倒一虎者非是矣若咆渤澥與姑餘案渤當作勃載注引揚雄曰勃澥之鳥善必與之同蓋五臣渤而各本亂之注江池清籞表本茶陵本江作淵案尤依東京賦改淵作洪而又誤其字耳注方四十里表本茶陵本里下有耳字案此尤依今孟子改也下同注殺其麋鹿者表本無鹿字茶陵本有注爲阱於國中表本茶陵本無於字注鄭元周禮注下至大波也表本茶陵本無此十七字注隨波之貌表本茶陵本無此四字注飛而下曰頏表本茶陵本無此五字案此二本脫而尤添之是者注今鄴下有十二墱天井優案優當作堰水經濁漳水注有天井堰可證也各本皆誤注分爲十二墱表本茶陵本墱下有者也二字注界也埒畔際也案上也字不當有各本皆衍界埒畔際也五字爲一句注賈逵國語曰案語下當有注字各本皆脫陳云別本有注河渠書

表本茶陵本作史記曰案此尤改也　注漢書曰　表本茶陵本作又曰案此尤改也　注終古瀉鹵兮　表本茶陵本瀉作寫案寫乃舄字之譌尤改未爲是也　注蒔更也　表本茶陵本更作植立二字是　注郭璞曰謂更種也　表本茶陵本無此七字　注鄴城內諸街　表本茶陵本鄴上有言字街作衞案此亦尤改也　注有赤闕黑　案黑當作里各本皆誤有赤闕里四字爲一句　注謂之倚郭璞曰石橋音江　表本茶陵本作謂石橋也四字案以四字爲一句二本最是載注不得引郭景純爾雅尤增多甚誤　注侍中尚書御史符節謁者郎中令太僕　表本茶陵本無此十五字案此亦尤添也侍中至謁者在前符節謁者劉注中此無取其事蓋皆未是也　注長壽吉陽二里在宮東中當石竇吉陽南入　此十七字表本茶陵本無案此蓋二本脫　注鄴城南有都亭城東亦有都道北有大邸　表本茶陵本南作東案各本皆有誤此節賦邸注必說邸可知然則當作鄴城東有都亭邸爲一句東城下有都道

爲一句道北有大邸爲一句尤改東爲南欲以通之而彌不可讀今訂正此賦前注有北城下後注有西城下可證此之東城下也注秦舍相如廣成傳茶陵本城作成是也表本亦誤城注輟止掇古字通案此下當有也輟與三字各本皆脫侈所覡之博大表本茶陵本覡作眺注同案此疑太沖自用眺字故善以爾雅眺解之眺即覡耳善引書之例有如此者尤延之因爾雅作覡改未必是也注達巳見上章案達當作逵下同各本皆譌注聽賣買以質劑又曰表本茶陵本無此八字財以工化案財當作材茶陵本校語云五臣作材表本作材詳載注善注並作材但傳寫誤作財也注史記曰子產治鄭不鬻賈表本茶陵本無此十字注成平也

市者表本茶陵本無也字注舜居河濱器不苦窳表本茶陵本無舜居二字注淑淸穆和之風旣宣表本茶陵本無此八字注優渥表本茶陵本無此二字案無者是也又茶陵刪此上女龍切此下然皆非注是謂賨布廩君之巴氏出幏布表本茶陵

本賨布虞君之作虞君之賨案此尤校改也蓋據後漢書南蠻傳

縵胡之纓 案縵當作漫表本茶陵本載注中字作漫此并改作縵非其五臣銑注中字作縵然則乃各本亂之而失著校語今莊子作曼釋文引司馬彪云曼胡之纓謂麤纓無文理也漫曼同字可借爲證

注立魏公位諸侯王上 表本茶陵本無立字

注臣能虛發而下爲魏王曰 表本茶陵本無此十字案二本有脫考楚策尤所添亦未是

注庶士有揭又曰 表本茶陵本無此六字案無者最是陳云注必有誤未悟爲增多耳

刷馬江州 案刷當作唰注同載注引唰嗽爲注是其本作唰善必與之同五臣向注作刷云乃洗刷兵馬云云各本亂之而失著校語又案善赭白馬賦且刷幽燕注引作刷必太沖集別本與張孟陽注者不同此之謂各隨所用而引之善固已自舉其例矣

振旅輷輷 案輷輷當作輷輷善注有明文其云今爲輷字音田者猶西京賦注之今並以亘爲垣耳五臣因此改故正文下有田字音各本亂之而失著校語集韻轟字重文有輷即本此亦可證載注善注兩見輷輷皆同

注庖丁爲文惠君屠牛 表本茶陵本無君字案下文兩

云文君疑此本亦云文君耳　注建安二十五年　表本茶陵本無五字案此尤添也　注剋黙韓暹楊奉之專用王命也　表本黙作黜是也茶陵本亦誤黙　注降劉表於荆州之屬也　表本茶陵本無之屬二字是也何校表改琮陳同各本皆作表或此本云表耳　注北覊單于于白屋　案于字不當重有各本皆衍說見後九錫文下　注兵事以嚴終也　表本茶陵本兵作無終作衆案此亦尤改也　注韋昭注曰東山皐落氏也　表本茶陵本無此十字　注楊雄上䟽曰下至西都賦　表本茶陵本無此七十六字案二本以上漢書下接曰稜威盛容當有脫尤所添但亦未是　注刷猶飲也所劣切　表本茶陵本無此七字　注伐弱燕　表本茶陵本燕作韓是也　注毛詩曰喪亂既平　表本茶陵本無此七字案下周公攝政陳云上脫引書名是也各本皆同無以補之　豐肴衍衍　何云衍衍據善注當作衎衎陳同案所說是也表茶陵二本所載五臣向注字作衍或各本亂之　注有東鯷人　表本茶陵本無東字

案此亦尤添也注蒼頡篇曰賫財貨也表本茶陵本無此八字善注以約小兒於背上句下有蒼頡篇曰賫財貨七字是也注楚辭小招魂曰茶陵本無魂字表本無曰字案茶陵是也小招者對大招之言也注其南者多也表本茶陵本多作分是也注高張四縣下至毛詩曰表本茶陵本無此二十二字案二本以上漢書曰下接夜未央當有脫尤所添但亦未是注又曰采蘩祁祁表本茶陵本無此六字注毛詩曰湑案詩當作萇各本皆誤注沛茜之也案沛當作涉各本皆譌冒六莖表本茶陵本六莖作六英五莖云善無六英二字何云以韶夏例之當作英莖陳同案其說是也各本皆非注昔秦穆公表本作昔繆公言茶陵本作昔繆公嘗言案蓋表本是也注嘗如此下至甚樂表本茶陵本無此二十一字注筲子痦曰表本茶陵本痦下有之字案依趙世家訂之疑語字之誤注禮記□曰表本茶陵本空格作注案此初與二本同衍而脩去之也注天子獵之田曲也表本茶陵本無獵之曲三字案無者是也東京賦善注引

作天子之田也可證尤誤添注孟子夏諺曰表本茶陵本子下有曰字注方銎斧也表本茶陵本無銎字案此尤添也注楊雄太元經曰表本茶陵本無經字注文備於大和下至是以有魏詩雲鳥之書黃初表本茶陵本無此四十四字案疑此乃記三國志注文於旁尤取以增多而又有譌誤也注顯道而神德行茶陵本無而字是也表本亦衍注亍步也表本茶陵本步上有小字是也注應劭漢書曰擾音擾何校下擾字改柔陳同又云書下當有注字是也各本皆脫誤注詩曰方叔莅止下至儼然元壘此三百七字表本茶陵本無案此初無與二本同脩改添之蓋無者脫而尤得之計當時存本尚衆或有不失善舊者惜尤延之未能精擇每誤取增多若準此條固無嫌耳何校改宅山阜猥積爲宅心知訓陳同又讎校所爲讎校者也句亦有譌無以正之注論語曰君子薄於言而厚於行此十二字表本茶陵本無案蓋二本脫注讎校下至漢書音此三十一字表本茶陵本無案蓋二本脫又案若怨家相對下

當有爲雝二字注大篆也表本茶陵本大上有作字注毛詩曰赫赫師尹表本茶陵
本無此七字雝自以爲道洪化以爲隆何云下以爲二字傳寫誤加陳云道洪化隆中
閒不當有以爲二字案所說是也各本皆非注及前王踵之武案踵之當作之踵各本皆倒
常山平干表本茶陵本干作于注同案二本是也注謂適生生之情表本茶陵本適
作通情作精案此亦尤改也注在廣平沙縣表本茶陵本沙作涉案二本是也晉書地理志廣平
郡有涉縣可證注溺而不反精衞陳云反下當有化爲二字是也各本皆脫注自言父
甘見俗表本茶陵本甘作世是也注後辭入碣水中表本茶陵本碣作碭案此亦尤改也
注在曲周市上表本茶陵本周作州下同案此亦尤改也注抵飛貌案抵字當重有各本
皆脫注趾躍躧表本茶陵本無躧字案此尤改躍爲躧而兩存也所引貨殖列傳文今本云跕屣漢書地
理志作跕躧顏注躧字與屣同是趾躍二字乃跕躧二字之誤注比歸數百里表本茶陵本無數字

注臣瓚曰跕爲躧案此當作躡跟爲跕挂指爲躧各本皆脫絕不可通依漢書顔注引如此也

注閉門不出容案容當作客各本皆譌陳云別本客今未見

注水出洹汲郡案水出洹當作洹水出各本皆倒

注够多也表本此下有古侯切三字是也茶陵本脫此注非

判殊隱而一致何校判殊改殊顯案以判殊意複言之蓋是也各本皆誤耳

注知言之選擇來比物謂屬變而還復舊貫則知言之選擇來案此皆誤也當作知言之選爲一句選擇采也爲一句謂屢變而還復舊貫爲一句則知言之擇采爲一句各本譌舛絕不可通今訂正

注謂爲系辭同音案音當作旨各本皆誤

注周穆王暨及化人之宮表本茶陵本無及字

注故諸侯歌鍾析邦君之肆也陳云諸侯當作謂之表本亦誤茶陵本脫此注非

注無乃不可加乎兵案乎兵當作兵乎各本皆倒陳云別本兵乎今未見

注說文曰搦按也表本茶陵本無此六字

張儀張祿表本茶陵本句上有則字是也

案此尤本脫 注張升及論曰表本及作反是也茶陵本亦誤及 摧惟庸蜀與鴿鶡同窠案鴿當作鷚善注中字作鷚可證表茶陵二本所載五臣良注字作鴿各本皆以五臣亂善而失著校語 注鍾會蒭蕘論曰表本茶陵本無蒭蕘二字案此尤添之也 注迸散走也表本茶陵本無此四字 注詩序曰文王德及鳥獸昆蟲表本茶陵本無此十一字 注嬥謳歌巴土人歌也表本無謳字是也茶陵本無嬥字非也 注嬥嬥契契案嬥嬥當作佻佻各本皆誤陳云別本佻今未見 注一音徒了反表本茶陵本無此五字案表本正文下有徒了音茶陵有徒召音疑此或尤取五臣音添非如其餘眞善音被刪者也 因長川之裾勢何校裾改据注同案所校是也善据五臣裾此及表茶陵二本所載五臣向注皆有明文各本亂之而失著校語 注拘束其民表本茶陵本無拘字 注闚闞望尊位也表本茶陵本無此六字 注而能約制其民也漢書音義言其土地形勢表本茶陵本無也漢書音

義言其土八字案此節注各本皆有誤今無以正之尤所添非
建鄴則亦顛沛 表本茶陵本鄴作業是也案此尤本誤也前吳都賦注中亦有業作鄴者放此不更出
注微子將□朝周 表本茶陵本空格作相案此與二本同衍而脩去之也
矘焉相顧 陳云矘當作愯注同案所說是也表本茶陵本云善作愯載注春秋傳曰駟氏愯各本作駟氏愯懼甚誤說文心部愯下引左氏駟氏愯集韻二腫載愯愯悚三形愯字即本此可爲證也尤以五臣亂善非又二本載注云云亦誤與此同於其校語不相應甚非不更出
聯焉失所 案聯當作䐹善䐹五臣聯各本皆以五臣亂善也說見下
注說文聯失意視 表本聯作䐹茶陵本亦作聯案䐹字最是也所引目部文依此是善自作䐹表茶陵二本所載五臣向注字乃作聯茶陵尤因正文之誤并改此注甚非
注而髓切 表本茶陵本而上有並字是也
注說文曰惢心疑也亦而髓反 表本茶陵本無此十一字
注賀清狂不慧注 表本茶陵本無注字
注
恐皇輿之敗 表本茶陵本敗下有續字案續之譌也尤刪非
注音義曰蹋迹 表本茶陵

本無此五字下也字屬上

過以佩剽之單慧　表本茶陵本佩作汎注同案此尤延之依今方言改汎爲佩也今方言剽作僄仍未改汎剽與佩僄同字孟陽在景純之前其所見方言蓋爲汎剽太沖讀方言蓋亦爲汎剽耳尤改非

注王弼周易注曰　表本弼作肅茶陵本亦作弼案肅字最是陳云今本周易王注中無此文乃未知善固引肅注耳

注不與聖人之憂　案不與二字不當有各本皆衍

注詩推度客曰　案客當作災各本皆誤

注太史書曰田敬仲世家傳曰　案書上當有公字下當無曰字又家下當無傳字各本皆誤以此推之疑凡載注皆稱太史公書今多失其舊也

注二客自言安能守此者自晦也　表本茶陵本無此十二字案無者最是也在二本所載五臣向注中此以五臣注竄入載注甚誤

文選考異卷第一

文選考異卷第二

賜進士出身通奉大夫江南蘇松常鎮太等處承宣布政使司布政使胡克家撰

卷七○甘泉賦○注蜀郡成都人也表本茶陵本無成都二字注明日遂卒何云據班書非新論本然也今案此葢卒字有誤文賦注引新論作及覺病喘悸少氣或卒當作病注如雍時物表本茶陵本無物字詔招搖與太陰兮茶陵本云太善作泰表本作太用五臣也漢書正作泰其相膠轕兮案轕當作葛注云膠葛已見上文謂見吳都賦東西膠葛也葢善作葛五臣作轕各本亂之漢書正作葛羽獵賦從橫膠轕漢書作轕善及顏皆音葛此及彼皆同漢書耳猋駭雲迅茶陵本云迅善作訊表本作迅用五臣也漢書正作訊注地氣不應曰霧霧與蒙同陳云別本兩霧字並作雺案今未見考爾雅釋文雺或作霧字同亡公亡侯二反善引即或作而讀亡公反也注何休公羊傳注曰軼過也表本茶陵本無此十字注令帝閽開

閶闔而望予案令上當有吾字開下當有閼兮倚三字各本皆脫注至也表本茶陵本無此二字有或作轃三字乃校語錯入注注并櫚㮨也表本茶陵本櫚作閭是也注說文曰表本茶陵本無此三字有往往作嵦四字乃校語錯入注注林木崇積貌也案林當作材漢書注可證各本皆譌魂眇眇而昏亂表本茶陵本魂下有魄字云善本去魂作魄固案漢書作魂固蓋善自作魂固表茶陵所見魂作魄者非尤本誤涉五臣脫固字益非注軮軋表本茶陵本軮軋作坱圠下軮軋無垠同案二本是也正文善坱圠及音皆可證注善曰春秋下至太一之精表本茶陵本無此十六字洪臺崛其獨出兮茶陵本云崛善作掘表本作崛用五臣也漢書正作掘注其景皆倒在下表本茶陵本無此六字注又曰絕度也表本茶陵本無此五字有在下二字注孫炎爾雅曰何校曰上添注字是也陳云別本有注應劭曰大人賦注曰案劭下當去曰字各本皆衍注敦徒昆切表本茶陵本此下有與屯同三字是也和氏玲

瓏 表本作瓏玲云善作玲瓏茶陵本云五臣作瓏玲案各本所見皆非也陳云漢書作瓏玲此韻脚不容同異當乙其説是矣凡表茶陵皆據所見爲校語非必善眞如此每有牴牾詳見各條下注玲瓏明見貌也亦當乙漢書注可證太元法言皆有瓏玲亦可互證法言玲作瓏同字也 注善曰駢列也 表本無列也二字有已見上文四字案尤本此處脩改必初刻同表本謂駢猶併也已見上注也茶陵本複出之亦可證所改之非 注而曳颺之 表本茶陵本無此四字 若登高眇遠亡國 表本眇下有而字遠下無亡國二字云善正文作登高眇遠亡國茶陵本云五臣作若登高眇而遠陳云漢書無亡國二字今案各本所見皆非也注應劭曰當以亡國爲戒者但說賦意非舉賦文也傳寫善本因注引應而誤添正文又五臣衍而字漢書亦無 注又鬱衆移楊也 案衆當作聚漢書注而移楊鬱聚也可證陳云別本聚 注司馬彪上林賦注曰盼過也 表本茶陵本無此十一字 注長門賦曰 下至 芎藭似稾本 表本茶陵本無此二十三字 注倕汝作共工 表本茶陵本倕上有咨字無作字 注雖

使仙人行其上案行上當有常字漢書注可證各本皆脫函甘棠之惠表本茶陵本云惠善作恩蓋所見不同也漢書作惠吸清雲之流瑕兮茶陵本吸作噏云五臣作吸表本作吸用五臣也漢書正作噏風縱縱而扶轄兮表本云縱善作從茶陵本作從云五臣作縱案茶陵是也尤誤以五臣亂善非也漢書作從集韻二腫有從從云從從疾皃或从人上字據此下字據漢書也表本當云善作從今有誤羽獵賦萃從沇溶五臣亦作縱可互證鸞鳳紛其銜蕤陳云銜漢書作御顏注或作銜俗妄改也今案五臣注作銜有明文善注不見此字或未必與五臣同但無可考表茶陵二本亦不著校語也皋搖泰壹案皋當作招茶陵本作皋云五臣作招今考漢書作招善與之同故如淳解讀作皋張晏解招如字而兩引之不知者但據如解改爲皋而張解不可通矣表本作招不著校語可知非五臣與善異所見當未誤注如淳曰表本茶陵本曰下有招作皋三字案有者是也說已見上尤因所見賦誤招爲皋遂刪此注以就正文失之矣炎感黃龍兮案炎當作焱據善注云言焱熛熾盛感動神物也字林曰焱火光也云云作焱

甚明其五臣注作炎各本亂之漢書作炎則與此不必全同也注吾令帝閽闢開兮表本茶陵本無闢字案當於開下添闢字各本皆譌偈棠黎茶陵本黎作棃云五臣作黎表本作黎用五臣也漢書正作棃案此尤本以五臣亂善非也注麗光華也表本茶陵本無此四字注幽昧之貌表本茶陵本作難知也三字是也徠祇郊禋茶陵本祇作秖云善作祇案茶陵所見及尤本非也顏注漢書與善此注皆以敬解祇其非異字可知表本作秖而不著校語所見當未誤靈迟迡兮茶陵本迟迡作棲遲云善作迟迡案茶陵所見及尤本皆非也表本云棲遲善作屖迡其載善音則云屖音棲漢書作遟迡顏注遟音栖考集韻十二齊有屖遟別無迟字重出其下然則但傳寫誤耳當依表所見訂正陳云迡當作遟從漢書校也

○藉田賦○注禮記曰天子籍田千畒表本茶陵本無此九字注設梐枑再重何校枑改柜陳同各本皆譌注壝以委切表本茶陵本委作季是也注毛詩曰周道如砥表本茶陵本無此七字注晉灼漢書曰陳云書下當有注字

各本皆脫

似衆星之拱北辰也 表本茶陵本無似字晉書無又上句末及輕幰階列離坎發揮下有兮字表本茶陵本離坎下無餘同案此等或善五臣不同但不著校語無可考

注方駕千駟 表本茶陵本駕作馳是也

注應劭曰漢官儀曰 陳云上曰字衍是也各本皆衍

注后稷播植百穀 表本茶陵本植作殖是也

注鄭元曰衡牙 表本茶陵本無此五字

五輅鳴鑾 案輅當作路各本善注中字皆作路表本所載向注則作輅蓋善路五臣輅而亂之也晉書正作路

注戟車載 茶陵本戟車作闟尤本戟車二字處脩改表本亦然案此當云闟戟車載戟各本皆脫誤晉書輿服志云闟戟車長戟戟邪偃向後是其義闟闟亦同字

震震塡塡 案塡塡當作闐闐各本善注中字皆作闐表茶陵二本所載良注則作塡蓋善闐五臣塡而亂之也晉書作塡與五臣所據同

碧色肅其千千 表本茶陵本作芊芊案尤本是也高唐賦肅何千千安仁用其語表茶陵作芊芊者五臣字如此所載向注可考彼賦善于五臣芊正有明文晉書作芊與五臣所據同又二本皆脫去善此節注亦非

注上空無祭 表本上作

壇案壇字是也茶陵本亦誤上注都謂京邑也杜預左傳注鄙邑也表本茶陵本無此十三字垂髻總髮表本茶陵本髮作髻云善作髮晉書作髻案晉書五臣非也髮字去聲協霽祭諸韻之字魏都賦纍纍辮髮或鏤膚而鑽髮兩見皆然不知韻者改之耳或有謂髻是髮非者誤附訂於此注吾丘壽王表本茶陵本吾作虞案虞字是也虞吾雖通但此自爲虞耳豈嚴刑而猛制之哉表本茶陵本無之字晉書無案此尤所見衍惟穀之卹表本茶陵本卹作恤晉書作恤案各本注中引尚書字皆作恤或注有譌也注敢用嘉薦何校下添普淖二字陳同今案當乙下文普淖二字於此而神降之吉也何云吉字後人誤改福字本協今案各本及晉書盡同何因注引左傳而云然也考賦自四人之務不壹至旨酒嘉栗所用皆質術韻之字福字古音別協職德韻又案西征賦以此句與日室一協夏侯常侍誄以此句與秩疾卒協是安仁自作吉善彼二注亦引左傳皆是注神降之而不取福字善注如此例者甚多何說非是以孝治天下表本茶陵本治作理云善作治晉書作治案注中引孝經字作

理考治字唐諱也李濟翁資暇錄曰李氏依舊本不避國朝廟諱五臣易而避之宜矣其有李本本作泉及年代字云云是在當時已錯出不一也今全書中經表五臣以後迴改者又不少矣皆不復具論

薄采其茅 表本茅作芳云善作茅茶陵本云五臣作芳晉書作芳案晉書五臣非也賦文作茅覲善注及上文縮鬯蕭茅句注灼然可知何云茅音蒙其說甚是凡茅聲之字協東韻者多矣或乃疑此故附辨之凡晉書此賦與善異者每誤不詳論也

○子虛賦○

注廣雅曰僕謂附著於人 案雅當作蒼各本皆譌樊恭廣倉見隋志上林賦注引若蹈足貌茶陵本亦譌蒼爲雅也

䓖藭菖蒲 表本茶陵本䓖作芎案注中字作芎考說文艸部营藭香艸也重文芎司馬相如說营或从弓謂凡將如此史記漢書作穹者假借也字書別未載䓖字當是尤延之以改芎爲穹遂成此形耳甘泉賦發蘭蕙與䓖藭正文及注皆誤

茳蘺蘪蕪 案茳當作江注中江字兩見皆不從艸史記漢書亦作江考上林賦被以江蘺茶陵本云五臣作茳表本無校語蓋此賦亦善江五臣茳而亂之故表茶陵二本皆不著校語何校改作江據史漢陳云別本作江未詳其何本也

注苞藨也

案麓當作麃史記漢書注可證各本皆譌下麓皮表切茶陵本未誤

注本或林下有巨字 案有當作作謂林下其字作巨也不云其作巨者因正文有兩其字以此分別之史記漢書及五臣同或本作巨

注善曰蓋山之國東有樹 表本茶陵本蓋上有有字無東字案二本是也此所引大荒西經文依善例曰下當有山海經曰四字二本仍皆脫

注驅馳逐獸也橈靡也 案上也當作正漢書注可證以八字爲一句也各本皆譌

注中絕系也 表本茶陵本中下有心字案漢書注正有此脫

注言所在衆多 表本所在下有射獲二字茶陵本脫此注

注弭猶低也節所仗信節也 表本無此十字茶陵本亦無案漢書注有之考史記索隱引郭璞曰言頓轡也集解引郭璞曰或云節今之所仗信節也善此注引王逸弭案也意謂即上文案節未舒與郭頓轡之解相近無取或云也尤延之從漢書注添未是

被阿緆 案緆當作錫注云緆與錫古字通必善作錫故有此語今各本皆作緆者以五臣作緆而亂之遂不可通非也史記漢書皆作錫表茶陵并削善此注益非

襞積褰縐 表本茶陵本積作襀音積

案史記漢書皆作積表茶陵二本善注中引張揖字仍作積蓋善積五臣積而音積表茶陵所見亂之故不著校語尤本獨未誤

紆徐委曲　何校云漢書無此四字無者爲勝案以李注引張揖詳之本無此四字今史記有而集解引漢書音義索隱引小顏孟康似二家史記亦與漢書同並不當有唯五臣向注云紆徐委曲裙下垂貌蓋五臣較多四字而亂之也各本皆非

注故或摩蘭蕙　案善正文作靡此摩字誤五臣作摩表茶陵二本有明文今史記漢書作摩而張守節正義及顏注中仍作靡靡者古摩字之通用恐亦靡是摩非也

若神仙之髣髴　袁本茶陵本云善無仙字案詳注意善不當有甚明尤本此處脩改添入乃其誤也漢書無今史記亦誤衍并正義所引戰國策末亦贅以仙字誤之甚矣凡史記與此同誤皆後人所改耳

連駕鵝　茶陵本云駕善作駕案注云而因連駕鵝也字正作駕史記漢書亦皆作駕考駕者鳴之假借左傳榮駕鵝唐石經宋槧本下皆從馬古今人表所載亦然相如此賦用字古矣唯中山經是多駕鳥郭注未詳也或曰駕宜爲駕駕鵝也然則駕字晉代不復行用之表本正文及注並改爲駕而不著校語又上林賦駕鵝屬玉各本作駕皆誤以五臣

亂善非也西京賦駕鵞鶃鴻鶤平子用駕字是爲異人用字不同之例全書此類極多皆不更著注戰國策更嬴曰臣能虛發而下鳥表本無此十三字有見西都賦高誘六字茶陵本例改已見者爲複出故亦有尤本脩改添入未是又高誘二字屬下不當刪之也注列子曰蒲且子連雙鶬于青雲之上表本無此十四字茶陵本有案尤本脩改添入未是說在上條注之說是也案之當作文漢書注可證各本皆譌注服氏一說案一當作之各本皆譌乃欲戮力致獲表本茶陵本戮作勠案史記漢書皆作戮蓋善戮五臣勠二本所見亂之而不著校語戮勠同字耳劇秦美新曰戮力咸陽餘同此者不更出注善曰史記樂毅與燕惠王書曰表本茶陵本無史記惠三字注彰君惡害私義表本茶陵本無此六字注成山在東萊掖縣案漢書注引掖作不夜史記集解徐廣亦曰在東萊不夜縣考史記封禪書漢書武帝紀郊祀志地理志不夜是掖非各本皆譌也注契善計也表本此下有契禼同三字茶陵本無案有者是也

卷八○上林賦○曰楚則失矣茶陵本有校語云善作是蓋所見本楚譌爲是也表本無史記漢書皆作楚所以述職也茶陵本云善無也字表本無校語史記漢書皆有不務明君臣之義表本茶陵本云善無臣字史記漢書皆有而適足以粤君自損也案粤當作㝵各本皆譌其字上曰下寸在説文㝵部今漢書作粤亦譌也史記作貶與五臣同注河南穀羅縣陳云河南漢書注作西河爲是案史記正義引亦作西河今漢書地理志西河郡穀羅武澤在西北依文穎此注似其本武作紫也注在縣北案北上當有西字漢書注可證地理志亦可證各本皆脫注今名沆水陳云沆當作沇詳漢書顏注今案陳説非也當作沆史記索隱引姚氏云今名沆水善全取彼文與顏注此即今所謂沆水迴異注黃子陂表本茶陵本黃作皇案史記索隱引姚氏正作皇字是也漢書注亦作皇陳校依漢注注經至昆明池表本茶陵本無經字案史記索隱引姚氏云注昆明池漢書顏注云經昆明池此尤延之校改至作經因誤兩存也注周旋苑中也表本茶陵本周上有言字

注善曰楚辭曰　表本茶陵本李無善曰二字有郭璞曰椒丘見六字今案當作郭璞曰椒丘見楚辭善曰楚辭曰十三字各本皆脫　注馳椒丘兮焉且且止也音昌呂切　表本茶陵本無焉且且止也五字表本有且且二字茶陵本有焉且且三字案各本皆譌當作馳椒丘且焉止息也且音昌呂切此離騷經文　注司馬彪曰畢弗　案畢當作滭史記索隱引可證各本皆譌　注漏水出貌　表本茶陵本無此四字　汩濦漂疾　表本濦作潏云善作濦茶陵本云五臣作潏案各本所見皆非也史記漢書皆作潏善引韋昭曰潏許及切即漢書音正作潏可知彼載晉灼華給反郭璞許立反史記索隱同諸家無作濦者又各本注中亦譌濦　注說文曰漻清深也　表本茶陵本無此七字　注其形狀而出也　表本茶陵本其形狀作言溢漢書注作言溢溢陳云別本作言溢溢爲是　注張揖曰其形狀未聞　表本茶陵本無其形狀三字　注魠鱤一名黃曰頰　表本茶陵本無曰字案依漢書注無曰字鱤下當有也字　注兩相合得乃行　表本茶陵本無合字案漢書注

有蓋尤依彼添陳云得乃當從漢書注作乃得**注隱岸坻也**表本茶陵本坻作底漢書注作底案當以尤爲是即海賦云巖坻之隈者也二本及漢書注皆傳寫譌耳**注常庭之山**表本茶陵本常作重案今本山海經作堂一作常疑善引自異**摧崣崛崎**表本茶陵本摧作嶊史記漢書皆作嶊案此尤本之誤注同**注振拔也**表本茶陵本拔作收何云下言收斂溪水當從收今案漢書注史記索隱引皆作拔**注隱轔鬱壘**茶陵本壘作㠥表本與此同案下云㠥音壘蓋茶陵本是也今本漢書亦正文㠥注壘歧誤正同此**注郭璞山海經曰**何校經下添注字陳同各本皆脫**蔣苧青蘋**案苧當作芧史記漢書皆作芧各本及注中俱譌五臣作芋云句切大誤又案玉篇芧苧同與此賦之芧迥別彼乃說文所云草可以爲繩者此張揖解爲三稜三稜類詳見政和經史證類本草實異名同不可援以相證決爲譌字無疑**注說文曰馣馤**案此曰下有脫也各本皆同無以補之或因此謂說文有馣馤非羣書引說文而未見者皆不必今本脫去也**注騾驘同**案當作驘騾同誤倒也正文五臣作騾史記亦作騾凡五臣每取善注以改字

或取他書皆此類漢書作驪表本茶陵本刪此注非

注中途樓閣閒陛道 案中字不當有史記集解引無各本皆衍

青龍蚴蟉於東箱 案箱當作廂史記漢書皆作箱善與之同今各本作箱凡偏旁竹艹每相混耳五臣改作廂非也

盤石振崖 案振當作裖注同史記漢書皆作裖高唐賦裖陳磑磑善注云裖已見上林賦彼五臣作振然則此賦亦爲五臣亂之而失其校語也

注其處磅磄千仞 案此下當有磅磄與旁唐音義同一句各本皆無蓋脫也

盧橘夏熟 表本茶陵本云熟善作孰案二本所見誤也史記漢書皆作孰善與之同孰即熟字

楟柰厚朴 楟當作亭注引張揖曰亭山梨也蓋善作亭五臣作楟音亭而各本亂之也漢書作亭史記作楟善此賦大略文同漢書者較多

注其實似榖子 表本茶陵本榖作穀無子字案穀亦譌也此字從木不從禾楮也漢書注史記索隱皆云榖子尤依添但榖字益譌

注採木也 何校採改棌下棌音采同漢書注作采音菜

注崔錯交雜癹骫蟠戾也 表本茶陵本作錯相樛也四字考史記索隱引郭璞云崔錯癹骫者蟠戾相樛也表茶陵二本有脫尤所

添改在今漢書顏注亦未是當作蟠戾相摎也五字

注郭璞曰坑衡徑直貌閜砢相扶持也 表本茶陵本無閜砢相扶持五字案史記索隱引郭璞云坑衡閜砢者揭孽傾攲貌也尤所添在今漢書顏注亦未是或坑衡徑直貌也一句係善注誤連爲郭耳

注英謂華也 表本茶陵本無此四字案在今漢書顏注

蜼玃飛蠝 茶陵本蠝作蝠案注中三見下二字不從土漢書作蠝史記作鸓單行本索隱仍作蠝考集韻五旨鸓下重文有六而不載蠝可證其非表本正文作蠝注皆作蝠以南都賦互證疑五臣本之誤而又相亂也

注飛蠝鼠也 案鼠上當有飛字案漢書注史記集解索隱有陳云別本有各本皆脫南都賦注引蠝飛鼠也脫上飛字當互訂

注在樹暴戲恣態也 陳云暴當作共案漢書注史記正義引作共各本皆誤

注說文曰杪末也 表本茶陵本無此六字

娛遊往來 案娛當作娭各本皆譌注引說文娭許其切非娛甚明史記作嬉娭嬉同字也今本漢書及注誤與此同又見羽獵賦

注有似虯 何校引徐七來愽復曰似下脫玉字据漢書注校是也各本皆脫

注龍也無角

何校引徐曰子誤也据漢書注校表本無作有茶陵本亦作無案漢書注作有說文虯龍子有角者稚讓所本故其廣雅亦云有角曰龏龍龏即虯上廾者角也此注決不當自爲兩解唯王逸注離騷有角曰龍無角曰虯善彼注仍之所以各存異說或不知者用彼以改此也 **注李善曰孫叔者** 表本茶陵本李善作鄭元案元當作氏漢書注作氏最是鄭氏見顏師古敘例臣瓚云鄭德者也 **注言擊嚴鼓簿鹵之中也** 表本茶陵本簿鹵作鹵簿是也陳云別本二字乙 **河江爲阹** 茶陵本作江河云善作河江表本作江河無校語史記漢書皆作江河 **注生謂生取之也** 表本茶陵本謂生取三字作抗字案尤所添改在今漢書顏注亦未是抗當作執生執之也四字一句讀五臣向注生生執即襲韋可借爲證 **注絝謂絆絡之也** 表本茶陵本無謂絆之三字案史記集解引有此三字尤延之蓋依彼添 **注司馬彪漢書曰** 何校漢上添續字陳同各本皆脫 **推蜚廉** 案推史記漢書皆作推顏注云推亦謂弄之也其字從手今流俗讀作椎擊之椎失其義矣考五臣銑注推謂擊殺其本作推之明文善既不注此字表茶陵二本

又倶無校語未審何作也凡偏傍扌木每相混 注以白羽爲箭 表本茶陵本爲作羽案重羽最是上羽言體下羽言用漢書注史記正義引皆可證 注郭璞老子經注曰 陳云此七字衍張氏乃曹魏時人不當引郭語老子又無郭注其說是矣各本皆衍 注與元通靈 陳云元當作天漢書注可據今案漢書注謌也史記正義正作元鄭禮記注引孝經說曰上通元莫即此元字之義 注樂汁圖 案圖下當有徵字史記索隱引有各本皆脫 注率徑馳去也 表本茶陵本徑作然案考漢書顏注曰率然直去意或尤改馳爲徑而誤去然字 歷石闕 表本茶陵本闕作關而不著校語案依此善與五臣同作關也漢書作關史記作闕善引張揖漢書注則作關未爲非恐此是尤延之依史記改前卷及漢書楊雄傳俱作關字 注一曰載民 案民當作氏各本皆謌下有明文漢書注誤與此同 注淮南干遮 何云干史漢作于案善及小司馬皆引張揖漢書注不當有異文蓋今各本作干並謌耳 注皆剛勇 表本茶陵本無此三字案史記索隱引無集解有尤蓋依彼添 注衝激急風也 表本茶陵本衝上有激字單行本索隱有

舞賦及七發注有七命注衝激作激衝脫下激字當互訂注結風亦急風也案單行本索隱結風下有回風二字舞賦七發七命注皆有依文義有者是也各本此注脫注皆是靡曼美色也下或云表本茶陵本美色也三字作也色二字案也句絕色屬下尤添改失之柔橈嫚嫚案嫚嫚當作嬽嬽漢書作嬽嬽可證也善注於圓切正爲嬽字作音或五臣誤爲嫚而各本亂之耳史記作嬛亦嬽字之譌徐廣曰音娟嬽即娟字古人每以同字爲音也小司馬引廣雅嬽嬽容也今索隱盡作嬛大誤注香氣盛也漚一候切又曰表本茶陵本無此十字注嫮以姱表本茶陵本嫮作奼案此尤校改也注更以十二月爲正何校引徐曰二當作三案所校是也漢書武紀太初元年以正月爲歲首師古曰謂建寅之月爲正也郭取彼事爲義夏以十三月爲正原出緯書不知者誤改之德隆於三王茶陵本云五臣作皇表本云善作王案各本所見皆非也史記漢書皆作皇善自與之同傳寫譌耳注鄭元毛詩曰案詩下當有箋字各本皆脫而樂萬乘之侈表本之下有所字云善無茶陵

本云五臣有所漢書有何云萬乘之所侈謂天子猶謂此太奢侈者也今案史記亦有或各本所見脫之

○羽獵賦 案賦下當有一首二字後每題盡同表茶陵本無說見前又前第七八後第十三十四十六各卷首子目亦放此

東南至宜春 何云漢書無東字疑衍案據史文此云南至下云西至又下云北繞又下云頗割其三垂故何云即指上林之三垂而言是也其東濱渭則云濱渭而東而已無所開廣亦無所割此句不得有東字但善解三垂爲武帝侵西南東三方以置郡豈所見漢書有東字與下濱渭而東相接連以上林爲不僅有三垂耶然所解實未安

濱渭而東 案濱當作賓注云濱與賓同音也蓋善正文作賓所引公羊作濱故有此語今各本以五臣作濱而亂之難蜀父老率土之濱注本或作賓可爲此作賓之證今漢書作瀕又異本耳表茶陵二本無注濱與賓同音也六字誤謂此專發音與五臣濱音賓重複而削去益非

不折中以泉臺 案折當作制善引韋昭曰制或爲折折也是其證矣蓋五臣作折而各本亂之顏注漢書作折即韋所云或爲耳

注魯莊公築臺 陳云築下當有泉字是也各本皆脫

注假爲或人之意 表本茶陵本爲

下有人也二字各以並時而得宜表本茶陵本以作亦案漢書作亦此疑尤本誤也注封禪各言異也陳云別本言字在封上爲是案今未見但漢書注如此以奉終始顓頊元冥之統表本茶陵本無奉字案漢書無疑尤本誤注郭舍人爾雅注曰陳云爾雅郭注與所引不同則知非景純也下文移珍來享句又引犍爲舍人爾雅注今案其說是也爾雅犍爲郡文學卒史臣舍人注二卷見陸氏釋文敘例必犍爲二字各本誤改作郭注落纍也表本茶陵本無此三字案在今漢書注顏注注熒惑法案法上當有執字熒惑或謂之執法見廣雅各本及今漢書注皆脫注使司命不祥案命字不當有各本皆衍漢書注無注陽朝陽明之朝案上朝字當作晁此善以朝解晁故下云晁古字同也各本皆譌注杜業奏事曰表本茶陵本無奏事二字案此文今在漢書霍光傳注中云杜延年奏載霍光柩以輼車云云云非杜業明甚宋孝武宣貴妃誄晨輼解鳳注所引云云亦在霍光傳注然則當作杜延年奏曰各本皆誤鱗羅布烈茶陵本云五臣作列表本云善作烈今案各本所見

皆非也漢書作列善自與之同但傳寫譌耳又案上文霹靂列缺二本校語亦云然彼漢書仍作列而以應劭閃隙之義求之作烈自通善顏亦不盡同也恐此涉彼而加火

注吸喘息也 表本茶陵本喘作内案二本是也喘字誤

跋犀犛 表本茶陵本云善無犀案二本所見非也漢書有尤本獨未譌

掌蒺藜 茶陵本藜作藜注同表本正文藜注藜案漢書作疾黎考字書藜二字有分別據此知蒺藜乃變體加卄非借藜藿字當依茶陵本

各按行伍 表本茶陵本云伍善作五案漢書作伍或善作古字也聲部注軍之部伍也當同此

注罼罕也 表本茶陵本罼作畢案畢字是也上荷垂天之畢漢書作畢或善畢五臣罼而亂之尤并此亦改爲罼未是太元畢格禽鳥之貞用畢字亦可證

注應劭曰下時 表本茶陵本無劭曰二字案漢書注有

魂亡魄 表本茶陵本下有失字云善無案各本所見皆非也漢書有善自與之同傳寫脫耳陳云上當以徒角槍題注爲句而蹴竦讋怖魂亡魄失各以四字爲句也

注言獸被創過大血流與車輪平也 表本茶陵本無大血流車四字案無者是也言獸被創過解創淫與輪平也解輪夷即謂

獲獸平輪耳張此解與下引音義迴別尤所添改複沓非是 羣娛乎其中 表本茶陵本娛作嬉云善作娛案所見皆非也漢書作娭音許其反說見上林賦娭遊往來下又案上文娭澗閒表茶陵本亦云善作娛此本獨未譌或尤延之依漢書校正 注鄭元曰袪音袪 案元當作氏各本皆誤又下注鄭元曰彭咸也之元亦當作氏鄭氏說見上林賦內 注願依彭咸之遺制 案制當作則各本皆譌陳云別本作則今未見 注自彼氏羌 表本茶陵本無此四字 注單于南庭山 表本茶陵本南庭作庭南案庭南是也今本漢書注亦誤倒 陽朱墨翟之徒 表本茶陵本陽作楊注同案陽蓋尤本之譌漢書作楊 注高誘呂氏春秋注以爲宋人 表本茶陵本無此十一字

卷九○長楊賦○命右扶風發民 表本茶陵本云善無發民二字案今本漢書有蓋尤依之添也 注在涇州界 陳云涇雍誤是也各本皆誤 注名豪豪彘也 表本茶陵本不重豪字 注郭璞爾雅曰 表本茶陵本曰上有注字 注詩序曰下以風刺

上　袁本茶陵本無此八字案無者是也注具甘泉賦下羽獵賦已不更出此亦當爾矣

注顏師古曰　動不爲身　袁本茶陵本師古二字作監下再見皆同案此尤本誤改

注言有儲畜　袁本茶陵本言有作高其是也案今本漢書注與此同誤

注而無所圖　袁本茶陵本無所字

客何謂之茲耶　袁本茶陵本無之字尤本此處脩改案今本漢書作謂之茲耶詳顏注云謂茲邪猶言何爲如此也仍當有何字無之字蓋漢書傳寫譌尤延之據添非也袁茶陵二本所見與未脩改正同是矣又案難蜀父老曰烏謂此乎烏何也此茲也乎邪也子雲好擬相如此亦用彼語不當衍之字甚明

封豕其土　袁本土作士何云漢書作士案士是也茶陵本作土與尤所見同非也

注應劭淮南子注云　案劭下當有曰字子下當衍注字漢書注可證各本皆誤

注顏監曰撕舉手擬也　案顏漢書正文字作撕上引李奇音車幰之幰而解云撕舉手擬之也蓋其字音義與左氏傳乃掀公之掀相近善文選正文作撕與顏不同別引鄭氏禮記注釋義字林釋音乃所以改顏也傳寫者并顏注亦爲撕失之矣又蒼頡篇曰撕拍取也八字非漢書注

乃善引以證顏者字亦當是擲也又注疏亦賤也字書曰
漢書注擬下有之字此無似亦脫
疏遠也表本茶陵本作疏遠也字書曰六字案此亦尤增多之誤也注春秋運斗樞曰
北斗七星第五曰玉衡表本茶陵本無此十五字表本注末多已見魏都賦五字案表本是
也此亦尤增多之誤茶陵本注末複出魏都賦注云云可爲證遐眠爲之不安表本茶陵本眠作岷
案此皆非也正文當作萌注當作韋昭曰萌音岷萌人也今作眠音萌誤倒漢書作萌善自與之同蓋五臣作岷而各本亂之因又改韋注也上林賦以贍萌隸注韋昭曰萌民也張景陽七命羣萌反素表茶陵皆有校語云五臣作岷最可證又如顏延年侍遊蒜山作詩留滯感遺萌亦善萌五臣岷相亂彼二本仍云五臣作岷唯此爲各本所見皆誤故無校語耳注乾酪母何校酪下添也以爲酪四字案依漢書注是也各本皆脫注顏師古曰何校師古改監各本皆譌下顏師古曰死則云云同注鹵莽中生草莽也表本中上有鹵字末無也字是也茶陵本亦脫衍唍鋋瘢耆茶陵本云五臣作吮辭兖切表本作吮案茶陵及尤

所見非也蓋此賦有作吮作兖兩本小顔以作兖爲是故今本漢書字如此善以作吮爲是故最後引服虔云其瘡如含然乃訓吮爲含也咣字他無所見恐是或改吮爲兖而誤成此形耳袁本無校語其所見善正文自是吮字尤本注末音云吮辭兖切不作咣亦其一證又臣佖校漢書以爲銑與顔李二家迥異恐屬臆說難以爲證

注項下向　袁本茶陵本項作頃案項是也今本漢書注與此同誤

注漢兵深入窮邊　案邊當作追各本皆譌

莫不蹻足抗首　茶陵本云五臣作手袁本云善作首今案所見皆非也漢書作手羽獵賦抗手稱臣善抗手注具彼下此不更出非作首也

注卒金革之事　案卒下當有哭字各本皆脫

注帝者得其英華　袁本茶陵本英華作華英是也

注言時不常也　袁本茶陵本言時作時言是也

注古文隔爲擊　袁本茶陵本此上有韋昭戛擊爲拮隔乃校語錯入注因正文用五臣戛擊故云然案此云古文者韋所見之古文尚書也意謂隔者擊也耳子雲用拮隔漢書及史記樂書俱有其證楊倞注荀子亦極明晰五臣乃援東晉古文改竄荒陋甚矣宋人校語以拮隔屬韋更繆尤本無之是矣

注

史記管子曰古者禪梁父（袁本茶陵本無此十字）○射雉賦○注采飭英麗（袁本茶陵本飭作飾是也）陳柯槭以改舊（袁本茶陵本槭作械注同案此從扌木二字並通未審善果何作餘如此者不盡出）注𧈡許力（案力下當有反字各本皆脫）注廣雅曰蹶踶跳（案踶字當衍跳下當有也字各本皆譌廣雅釋詁二跳也條共釋十字有蹶無踶可證）注言其矢來疾也（袁本茶陵本無矢字案蓋尤校改來爲矢遂兩有也）注雉當不止（袁本茶陵本當作尚是也）注西京賦曰秦政（茶陵本西作東袁本作西案西乃兩之譌也餘注放此者不更出）注埤蒼曰攫地（案地字當去各本皆衍因正文云攫地而誤耳又案韻會舉要攫下引說文扟也爪持也今徐鼎臣本無下三字然則攫即攫之異文故五臣改正文爲攫亦可證此注不當有地字）注夷靡也頹弛也（袁本茶陵本無上也字此處尤本脩改案夷靡乃複出正文不得有也字尤所據添者誤本耳）無見自鷺（案鷺當作鷺注同徐云鷺音脉字亦從脉者謂鷺之或體字作鷺也云方言云脉者謂此

賦之鷺即方言之脉也云俗謂黠爲鬼脉者方言注云然也此必五臣用徐注改正文作鷺後遂以亂善於是賦及注中各本皆不見鷺字而徐爰所云絕不可通矣唯集韻二十一麥載鷺字從脉二十三錫載鷺字從脈皆云鳥驚視其所據此賦未誤也凡此等全失善舊所宜訂正

注皆回從往復也 表本從作旋是也茶陵本亦誤從

注言轉翳回旋 表本茶陵本回旋作旋回是也

注徐氏誤也 表本茶陵本也作之案之是也謂以文勢言當爲彳亍而並云彳亍非潘賦本然由徐乃爾耳

注風颺電激 茶陵本颺作颮表本作颺案颮是也又江賦注引此各本皆譌不更出

注埤短也 案埤當作庳各本皆譌

注故僻除人從 案僻當作辟各本皆譌

注馮參鞠射履方 陳云射當作躬各本皆譌

注於心不覺也 茶陵本於作放是也表本亦誤於

此則老氏所誡君子不爲 表本茶陵本氏下有之字子下有之所二字案此疑善五臣之異但二本無校語今不可考當各仍其舊此類亦未全出

○北征賦○注栒縣有豳鄉詩豳國 表本茶陵本作有栒縣豳國五字案

此尤延之據地理志改補是也 注又云文公城郇 表本茶陵本無文字案此亦據志是也 我獨罹此百殃 茶陵本罹作離云五臣作罹字表本云善作離案此尤本以五臣亂善非也五臣以離是古罹字故從而改之其實班自用離字矣 注時亦世也 表本茶陵本無亦字 注秦昭王時 表本秦上有又匈奴列傳曰六字茶陵本與尤同說見下 注而得其地 表本作於是秦有隴西北地上郡築長城以拒胡十六字茶陵本與尤同案此及上條皆茶陵尤所見非表本是也匈奴列傳可證 遂舒節以遠逝兮 茶陵本無兮字云五臣有表本有又下文過泥陽而太息兮句表茶陵二本皆無兮字但不著校語 注傷李夫賦曰 表本茶陵本夫下有人字案有者是也 注牛羊下來 案牛羊當作羊牛此因正文云牛羊因依以改注耳凡引古但取義同不嫌語倒善每知此各本皆非 痦曠怨之傷情兮 表本茶陵本曠怨作怨曠案注複舉正文云思君子爲怨曠蓋尤本誤倒 不耀德以綏遠 表本茶陵本下有兮字亦不著校語下文隮高平而周覽遊子悲其故鄉撫長劍而慨息三句同 注諸蹠

遠屬也案諸下當有趙字蒙恬列傳文也各本皆脫陳云别本有趙字登鄗隧而遥望兮表本茶陵本鄗作障茶陵本有校語云善作鄗案注中障字三見皆不作鄗疑校語未是注或爲墜說文曰墜表本茶陵本二墜字皆作墜案墜是也注聖文文帝也表本茶陵本無此五字而所載五臣濟注有之案此蓋尤所見有也注使南越王表本茶陵本無王字○東征賦○注曹世叔妻者表本無者字茶陵本脫此注注名昭字惠姬表本惠下有班一名三字茶陵本脫此注注和帝數召入宮表本無和字茶陵本脫此注注吉日兮良辰案良辰當作辰良此亦引古不嫌語倒各本皆非注禮記曰下至夏則居橧巢表本茶陵本無此十四字注郭璞曰山海經注曰陳云上曰字衍各本皆譌歷滎陽而過卷表本茶陵本卷上有武字案二本非也善引應劭曰卷故號國不云武卷唯五臣向注乃云滎陽武卷皆縣名今考漢書地理志河南郡有卷無武卷五臣讀誤本而望文爲解耳表茶陵不著善無武字校語失之唯尤本

爲誤未涉封巨而踐路兮茶陵本云五臣有兮表本有注駐主也陳云主疑止各
本皆譌注巨墟下至臣見宮中生荊棘表本茶陵本無此十八字注尹文子
曰表本茶陵本無尹字注成侯貶號曰侯表本茶陵本無下侯字案尤依世家校添注平
侯子嗣君更貶號曰君表本茶陵本無子嗣君三字案尤依世家校添注朝魏案朝
上依世家當有子懷君三字各本皆脫尤亦失校添也注精誠通於形表本茶陵本無通字
卷十○西征賦○注易曰兼三才而兩之漢書音義曰陶
人作瓦器謂之甄表本易上有周字曰下有有天道焉有地道焉有人道焉十二字無漢書音義
以下十三字茶陵本同唯上注甄巳見魏都賦作如淳漢書注曰陶人作瓦器謂之甄十四字案此尤本脩改之誤
也茶陵例以巳見者複出尤本表本俱不然其不當更贅十三字明矣因此而刪善引易益非注從而悉
全陳云從而當作縱不是也各本皆譌匪禍降之自天表本茶陵本禍降作降禍不著校語無可

考也注爾雅曰辟罪案罪下當有也字各本皆脫注古口長歌行曰表本茶陵
本古下有今字案此尤知其字衍脩改去之是也注忼慷傷懷案慷當作慨各本皆譌注輦
洛二縣名也表本茶陵本無此六字所載五臣翰注有之案蓋尤所見有注毛萇詩曰
陳云詩下當有傳字是也各本皆脫注史記曰帝嚳高辛者表本嚳作俈案俈是也後注俈
與嚳同可證茶陵本亦誤嚳又下云姜嫄爲帝嚳元妃嚳亦當作俈各本皆誤注能材強道者表本
茶陵本無材強二字陳云別本材作持案考詩箋是持字無者益非注言武王滅商表本茶陵本滅
商二字作基案基是也注亡王謂桀也表本茶陵本無此五字所載五臣向注有之案蓋尤所見
有注東都賦曰表本茶陵本賦作主人二字案前注東都賦曰闕庭神麗二本賦亦作主人考今注
中有西都賓東都主人亦有東都賦西都賦疑作賦者皆後人所改注左氏傳曰初下至其亦
𤖅有咎此一百二十六字表本茶陵本無蓋因五臣同善而節去也尤本有者是注濼水經注

作濟表本茶陵本無此六字案尤本此處脩改未知其爲別本如此抑或有記水經注之異於旁者而尤延之取以入注也注吾嘗無子之時表本重無子二字案重者是也尤本此處脩改蓋誤依五臣向注刪茶陵本全刪此注益非注回邪僻也案僻上當有沇字曹大家注幽通賦可證彼沇作宂同字也各本皆脫注史記曰趙王下至終不能加勝於趙此一百二十字表本茶陵本無蓋因五臣同善而節去也尤本有者是注史記曰廉頗曰下至引車避匿此四十九字表本茶陵本無蓋因五臣同善而節去也尤本有者是注左傳秦穆公曰表本茶陵本無秦穆公三字注維猶連結也表本茶陵本也作之阜記墳於南陵表本茶陵本記作託云善作記案此善亦作託但傳寫譌爲記二本校語及尤所見皆非注晉文公子墨縗絰陳云晉文二字當在後杜預曰下公字衍各本皆誤注杜預曰公未葬案曰下脫字見上注而無反者陳云而字衍是也各本皆衍注戰于彭衙表本茶陵本無此四字注又

曰晉先且居伐秦下至斯三敗矣表本茶陵本無此二十四字案無者是也善明云止二敗言三未詳更不得有此當是或駁善注而記於其旁尤延之不審取以入注耳考此役秦未嘗及晉師戰其非孟明將而敗無待言故難數之以足三也於此可知善義例之精矣注封殽尸而還下至用孟明也表本茶陵本無此十三字注子其悉雪恥表本茶陵本恥下有又曰穆公遂霸西戎八字案此一節注皆當以表本茶陵本爲是也尤所添刪俱失善意降曲崤而憐虢案注引劉澄之地理書肴有純石或謂石肴今正文未見當引此爲注之處疑曲崤善作石肴也五臣良注曰曲崤地名或其本亂善耳注又曰攘袂而興陳云又字當作七啓二字是也各本皆誤注晉侯使詹嘉表本茶陵本無侯字徒利開而義閉茶陵本徒作徙云五臣作徒表本云善作徙案徙但傳寫譌也注湯曰陳云別本湯上有周書二字案此周書王會解文有者是但今未見其本耳注而敵之案敵當作獻王會解可證各本皆譌注紫極星名王者爲宮以象之表本茶陵本無此十

一字注乃宿逆旅逆旅翁要少年表本茶陵本不重逆旅二字要作惡注淮南子曰下至陗峻也表本茶陵本無此十四字注刻肌膚之愛陳云刻當作割是也各本皆譌感徵名於桃園何云園疑作原案何校據善注其西名桃原而云然五臣銑注云桃園則桃林也疑善與五臣之異但表茶陵二本不著校語又水經注河水四引此賦亦作園然則未當改也注即漢書全鳩里陳云別本全作泉案今未見戾太子傳是泉字注閺鄉縣東十里鳩澗西何校十下添五字鳩上添泉字案何校據戾太子傳顏注云泉鳩水今在閺鄉縣東南十五里而添也此注各本盡同未審善有以否注漢書湖縣名今虢州閺鄉湖城二縣皆其地也表本茶陵本此十八字作漢書湖有閺鄉六字案二本是也但此六字實續漢書郡國志文疑漢上脫續字善以注正文閺鄉尤延之取顏戾太子傳之注湖者添改不知此正文並無湖字甚非注愬向也案愬當作遡各本皆譌注水側有坂表本茶陵本坂上有長字案有者是也匡謬正俗所謂過此長巷者

也　注漢書楊雄下至料敵制勝表本茶陵本無此十八字　注鄭元周禮注曰浸者可以爲陂灌漑者表本茶陵本無此十五字　入鄭都而抵掌案抵當作扺各本皆非也說見前　注毛萇曰戚表本茶陵本無此四字陳云下當有減也案此尤延之添改而仍脫誤　外罹西楚之禍表本茶陵本罹作離案離是也　率土且弗遺表本茶陵本且下有猶字案此亦無可考也　況於卿士乎表本作而況於卿士乎矣云善無七字茶陵本作而況於卿士乎亦云善無六字尤本此處脩改乃取五臣五字以亂善非也　注漢書曰下至降軹道旁此十九字表本茶陵本無案有者是　注漢書曰踈廣下至東都門外此六十八字表本無因五臣同善而節也茶陵本亦有有者是　注靑春爰謝案爰當作受此大招文也正文云孟秋爰謝善引此及王逸注者但取謝字耳其楚詞之春受滋賦之秋爰各自爲義五臣乃改賦作孟春受謝不知岳以仲夏憑軾及此莅職初不改歲何言春乎各本又因善正文之爰迴改注受字亦爲失之其他篇注誤爲爰者不盡出

注尚書曰予思日孜孜表本茶陵本無此八字

注乘風懸鍾華祠樂案祠當作洞表本茶陵本作獨亦誤

金狄遷於灞川表本茶陵本灞作霸案霸是也注中皆作霸

注潘岳關中記下至重不可致此三十六字表本茶陵本無因五臣同善而節也有者是

注次道南表本茶陵本次作大是也

注臨危下至蘇武也此十六字表本茶陵本無案有者是

陸賈之優遊宴喜何校宴改燕案據注引毛詩也其實宴燕同字亦未當改廣絕交論陸大夫宴喜西都注正引此

注司馬長卿王子淵楊子雲也此十一字表本茶陵本無案有者是

注胡廣曰案廣下當有書字後屢引各本皆脫

注洞門高廓陳云廓別本作廊案今未見外戚傳是廊字

注文成將軍李少翁下至亦何在也此一節注四十字表本係五臣良曰下其善注作班固漢書贊曰如武帝有雄才大略文成已見上文二十字案此尤本所見以五臣語當善反失眞善注誤甚幸表本訂正之但表文成下尚少五利二字引漢書有當作之爲小誤茶陵本載善注上十

四字與表同下文成五利悉複出亦非注西都賦曰抗仙掌下至干雲霧以上達表本無此二十六字其善注作並已見上文案表本是也茶陵本悉複出與此全異亦非注漢書曰武帝作角抵戲下至絡以隋珠和璧表本無此三十三字案不當有也善下注所謂餘並已見上文即指此等耳茶陵本悉複出仍與此不同亦非注漢書曰武帝下至勒功中岳表本茶陵本無此十七字案不當有也說在上條注人情驚懼表本茶陵本無此四字注傳昭儀等皆慚表本茶陵本無此六字注漢武故事曰衛子夫下至悅之表本無此十九字其善注作衛趙已見西京賦案表本是也茶陵本有乃取西京賦注而複出也彼全書於善云已見者例如此蓋尤所見本亦然而誤依添耳注廣雅曰鑑照也下至事由體輕表本無此二十二字案表本是也茶陵本有仍與此不同說在上條唯廣雅曰鑑照也六字非取西京注或當有掩細柳而撫劍案注云方言曰掩止也掩與揜同蓋善揜五臣掩而亂之表茶陵二本不著校語及

尤所見皆非　注終不肯行表本茶陵本肯作可是也　注不聽臣言表本茶陵本言作計是也　注昭王昭襄王也表本作暗主昭王也案表本最是正文云主暗而注云暗主者如上注云敷教舉兵正文云教敷兵舉之例也茶陵本全刪此注益非　注杜篤弔比干文曰下至豈忠諫之是謀表本茶陵本無此十八字　注無償趙王城邑表本邑作色案色是也茶陵本亦誤邑　注欲以擊柱表本茶陵本無柱字　注廣雅曰穽阬也才性切表本茶陵本無此九字案蓋尤所見有　身刑轘以啓前表本云善作先茶陵本作先云五臣作前案二本與尤所見不同也但各本於注中皆云故曰啓前似善自作前字也　注國語單襄公曰下至惕覺寤而顧問表本無此二十三字茶陵本有案表是也善明云兵在頸已見東京賦茶陵複出尤增多皆於注末所云不可通　注吾願得郡表本茶陵本郡上有一字案有者是也史記文　注地者遠近險易表本者遠近作有近遠案表本是也茶陵本作者近遠者亦有之誤　注羽屠

咸陽表本羽下有因字茶陵本有西字案有西字是也史記文注漢書曰韓延壽下至莫
不流涕此一百十八字表本茶陵本無因五臣同善而節去也尤本有者是注襄公之應司
馬曰夷陳云曰當作目是也各本皆譌注秦名天子冢曰長山案長字當去各本皆
衍水經注渭水下所引無可證也注過聽將作大匠解萬年表本茶陵本無解字案無
者是也注張晏漢書曰鞫案曰上脫注字見下鞫當作鞠各本皆譌注一曰勒毛
萇詩傳注曰勒告也陳云注字當在上張晏漢書下兩勒字並當作鞠所引乃采芑三章傳是
也各本皆譌注左氏陳云下當有傳字是也各本皆脫注王莽奏曰下至故爵稱
天子表本茶陵本無此十四字注始皇南山之巓陳云南上當有表字是也表本亦脫茶陵
本全刪此注益非注五柞在盩厔表本作五柞巳見上文案表本是也茶陵本複出亦非注
漢書武帝發謫穿昆明池表本無此十字正文不另分節注西都賦曰集

乎豫章之宇下至皎皎河漢女表本無此三十七字其善注作並已見上文詳下注周易曰日月麗乎天下至曙於濛谷之浦表本無此四十五字其善注作並已見上文詳下注三輔黃圖曰下至揭焉中峙表本無此三十一字正文不另分節注毛萇詩傳曰下至牽牛織女象也表本無此三十一字其善注作餘並已見上西京賦案以上各條皆表本是也善注例自如此尤增多茶陵本複出互有不同皆非注鄭元周禮注曰下至趾基也表本無此二十六字正文并在上節案表本是也注毛詩曰下至鴻漸于干表本無此十四字正文不另分節隨波澹淡表本茶陵本波作流案尤此處皆脩改蓋流字是注毛萇詩傳曰飛而上下至隨波澹淡表本無此二十七字正文不另分節注瀺灂出沒之皃下至唼喋菁藻表本無此三十二字其善注作並已見上文案皆表本是也茶陵本所複出互有不同亦非志勤遠以極武表本茶陵本云勤善作懃案此處尤本皆脩改

下文心翹懃以仰止亦五臣勤善懃二本所見是矣注謂品第也謂品第其所獲也茶陵本無也謂品第四字是也表本亦衍注杜預左氏傳曰表本重曰字茶陵本左上有春秋二字案皆非也陳云傳下當有注字灑釣投網表本云善作罔茶陵本作罔云五臣作網案二本所見是也注郭璞方言曰陳云言下脫注字是也各本皆脫於是弛青鯤於網鉅表本作綱云善作網茶陵本亦作網無校語案所見皆非也善作綱故引孔安國論語注必子釣而不綱之注也今并注中三綱字盡譌爲網尤及茶陵遂不見綱字表本又以綱轉屬之五臣全失善意雍人縷切表本云善作雍茶陵本云五臣作饔案各本注中皆作饔疑善自作饔字注毛萇詩傳曰南方有魚陳校毛萇傳改鄭元箋案此節箋文也但善引毛鄭每不甚分別蓋其時傳箋久并故致如此耳陳校悉以爲誤而改之當仍其舊他條亦不更出注獻子辭梗陽人賂表本無賂字是也茶陵本删陽以添賂益誤注許慎淮南子注曰表本茶陵本無此七字注策杖也表本茶陵本杖

作馬檛二字 徘徊酆鎬 表本云善作鎬茶陵本作鎬云五臣作鄗案各本注中皆作鄗似善自作鄗字下文惟酆及鄗亦各本俱作鄗 注企佇也 陳云企上脫翹字案爲正文翹字作注也各本皆脫 注蔡邕胡黃公頌曰 案公上當有二字皇太子釋奠會作詩注所引可證 注參其二也 案參上當有莫字皇太子釋奠會作詩注所引可證今後漢書胡廣傳注及蔡中郎集皆作莫與爲二更誤 庶免夫戾 何校夫改大陳云別本作大案何陳所言皆誤夫是大非今各本亦未見有作大者 注然任其才信無欲之心 陳云才當作枚是也各本皆譌

卷十一○登樓賦○注古雅 表本茶陵本無此二字注末有假古雅切四字案二本是也此音注或爲假之假不當移入正文暇字下 注說文曰屋宇邊謂樓之宇也 表本茶陵本無此十三字案有者蓋誤衍 注以上 表本茶陵本作漾以上切在注末是也 注漢中山王勝曰 陳云漢下當有書字各本皆脫案謂景十三王傳也 注對曰凡人之思 何校對上

添中謝二字是也此陳軫傳文各本皆脫　注道德於此　陳云德當作得是也各本皆譌　注丁達
表本茶陵本作怛丁達切在注末是也　注憂勞也　表本茶陵本此下有音刀二字是也　注猶怮
怛也　案怛當作怮各本皆譌此齊風甫田傳文猶者猶上章　注於力切　表本茶陵本在注末是也
注衞靈公泊濮水　案泊當作宿各本皆譌王正長雜詩注引有其證　注而聞有鼓
瑟者　表本茶陵本瑟作琴案琴是也此韓子十過文又載史記樂書亦是琴字　○遊天台山賦
○蓋山嶽之神秀者也　表本茶陵本無者字　注老子曰天法道　下至　極
之微也　此四十三字表本茶陵本無案此以尤所校添爲是　注欲言其　表本茶陵本其下有無字
案有者是也　近智以守見而不之　表本茶陵本智下有者字案二本不載校語無可考也
注畢遥　表本茶陵本作畢遥切在注中舉標甚高下是也　注名色皆赤　案名當作石各本皆
譌而屬上非也　注丁鄧　表本茶陵本作磴丁鄧切在注中下臨絶冥之澗下是也　注顧愷之啓

蒙記曰表本茶陵本記下有注字是也注異苑曰天台山石何校石下添橋字各本皆脫注居求又注力鬼表本茶陵本作居虯切䗽力鬼切在注中木下曲曰樛下是也注道威夷者也陳云別本道上有周字無者也案此脫周字衍者字別本今未見注玲瓏明見貌案玲瓏當作瓏玲此揚雄傳和氏瓏玲注也善取同義不拘語倒其例全書盡然不知者依正文乙轉非也注亡匪表本茶陵本作亹亡匪切在注中文貌下是也注宁猶積也佇與宁同陳云宁當作貯是也各本皆譌注陽林生於山南案林當作木此地官山虞注也善以陽木注陽林不知者依正文改字非也抱以元玉之膏案抱當作揖乃善揖五臣抱而亂之說見下注抱斟也表本茶陵本此下有揖與抱同四字案二本有者最是也善引詩傳抱以注揖故有是語五臣因改爲抱表茶陵皆正文用五臣亂善而不載校語尤本幷刪此注幾莫可考甚非注荀粲列傳案列當作別各本皆誤三國魏志荀彧傳注有其證也

○蕪城賦○注四言表本無此二字案無者是也凡

四言五言皆詩題下注賦不得有茶陵本亦衍與尤所見同誤或連之於下注集云讀更誤集者鮑明遠集茶陵本於集云上隔以善曰二字則雖衍而未嘗以爲四言集也今鮑集正有所云亦可證

注登廣陵故城　何校下添行參軍三字陳云下當有作字案此依集校是也各本皆脫

注昭爲前軍　字陳云當有是也各本皆脫

掩以漕渠　表本茶陵本云掩善作弛案二本及尤所見皆非也考善注引廣雅拖引也必作拖字其五臣濟注拖舟具也乃改之使配下句軸耳不當以亂善亦不得謂善別作弛也注中拖字尤茶陵亦誤掩表本尚未譌可據以訂正

注南臨江曰重濱帶江南曰複　表本茶陵本臨下有二字帶上無濱字案二本是也又案據此注似集云重關複江者恐是誤倒何校正文取之非矣

孳貨鹽田　案孳當作滋注云孳蕃也孳滋古字通也善必作滋字故有是語五臣因改爲孳各本所見以之亂善表茶陵又不載校語皆非下文參秦法善參五臣侈尤自不誤而二本亦無校語正同此誤

注佳刀曰劃　茶陵本佳作注案皆誤也當作錐說文如此陳云別本作錐表本仍作佳亦誤

注郭璞曰三倉解詁曰

陳云上曰字衍是也各本皆衍注爵馬同轡案爵當作百此因正文云爵馬而誤不知爵字上引大雀
踆踆巳莊訖此但注馬字也各本皆誤注孔子抽琴按軫表本按作去案去字是也茶陵本亦
誤按井逕滅兮表本茶陵本逕作徑案徑字是也○魯靈光殿賦○注丘軌
表本茶陵本作巋丘軌切在注末是也注若炎唐案若上當有粤字各本皆脫注爾雅曰
分次也表本爾作小案小是也茶陵本亦誤爾今廣詁次也條脫此字注孔安國尚書傳
曰吁表本茶陵本此在善注案二本是也尤本上脫去善曰二字甚非凡東晉尚書傳盡善所引耳又案上注
杜預左氏傳注曰隳毀也廣雅曰鄙國也下注楚辭曰流星墜兮成雨疑亦善引而係之於載注者各本皆然恐失
其舊注隆屈也陳云屈也二字誤或有脫文今案此當重隆字隆屈也解隆猶下注以崱嶷然解崱也各
本皆譌注陵表本茶陵本作緝如字綾音陵在注末是也注嵌巖其龍鱗表本重巖字是
也茶陵本亦脫狀若積石之鏘鏘何校鏘改嶈陳云當作嶈嶈案皆據注引西都嶈嶈校也考彼

賦蓋當作將將後漢書作嶈嶈此五臣翰注作鏘鏘未審善果何作

注爌炾爣朗案正文各本皆作閬善注末云閬音朗茶陵本載善音朗此注似有誤蓋當爲閬也集韻三十七蕩有閬云爣閬寬明皃即取此亦是一證其射雉賦云畏映日之爣朗則安仁用字不同也

注言炒燿也矆矆目不正也表本茶陵本作矆矆言炒燿而目不正也案二本是也

霄靄靄而晻曖表本茶陵本霄作宵案宵是也

注踋或移字茶陵本作踋或作移表本有字無作與此同案各本皆非也當云踋或作移字互有脫耳下注牚或作棖字是其例又案爾雅曰連謂之簃郭注今呼之簃廚簃即移也此賦蓋本是移廚亦又爲踋廚故張載以爲連閣傍小室李善云相連貌五臣不解妄云緩步不進然則廚字有足旁乃今善本爲所亂也弁訂之如此

注欲安心定意表本茶陵本欲上有詳謂二字案有者是也

嶔崟離摟表本茶陵本摟作樓注同案樓字是也長門賦可證

漂嶢峴而枝拄表本茶陵本拄作柱案柱字是也此本注中亦皆作柱

枝牚杈枒而斜據表本茶陵本杈枒作扠抲注同案此或善五臣有異但不著校語無

可考也　窋咤垂珠　表本茶陵本咤作宅注同案宅字是也　注刻繒爲之　案繒當作繪言刻爲房及菂繪爲綠及紫也各本皆譌景福殿賦注云謂繪五彩於刻鏤之中此刻繪之明證　注珠珠之實窋咤也　陳云珠之似當作菂之是也各本皆誤　注雲節　案節當作楶此複舉正文不當改字下乃以節解之如上以芍解菂之例各本皆誤　注栭謂之梁　案梁當作楶各本皆譌此禮器注文今本作節蓋善引自不同　奔虎攫挐以梁倚　表本云善作玃注中皆爲玃字案表本是也羽獵賦可證茶陵本作攫云五臣作钁依表本钁者五臣音攫之字也其所見必誤　注文字曰騰　表本茶陵本此下有蛇無足而騰五字案有者是也何校字改子陳云見第十五卷思元賦注各本皆誤　注儼雅而相對　案雅下當有跽字此複舉正文全句如上齊首目以瞪眄之例也各本皆脫　注瞟眹也　案眹當作瞭各本皆譌　陽榭外望高樓飛觀　又　注大殿無内室謂之榭春秋傳曰宣榭災榭而高大謂之陽　表本校語云善無陽榭外望高樓飛觀二句今茶陵

本有改校語小字而升之爲正文耳其初亦無也注二十
二字表茶陵皆無案善魏都賦注引此賦注曰榭而高大
謂之陽然則正文當有陽榭云云似無者爲傳
寫脱也其注大殿至宣榭災未審尤何所出 **中坐垂景**
案注云自中坐而乘日景是垂當作乘各本皆誤蓋五臣
作垂也又案甘泉賦垂景炎之炘炘漢書垂作乘亦恐善
乘五臣垂但善彼無注又
各本不著校語無以考之 **巖突洞出** 案突當作𥦗注同各
本皆誤上林賦作𥧑
突與𥧑同字也一弔切史記司馬相如傳可證今漢書亦
作突皆傳寫之譌又此注引上林作子虛或善誤記耳
注小雅曰靡靡細也 案靡字不當重此
言文也各本皆衍 廣 **注搖光得陵黑**
芝 表本茶陵本陵下有
出字案有者是也 **歇欻幽藹** 茶陵本藹作靄云五臣
作藹表本作藹案此尤
所見以五
臣亂善也 ○**景福殿賦**○**注頗有材能** 茶陵本無此四字
表本以此上此下
注係之於五臣銑曰而無散騎常侍遷曹爽反等字其善
注作典略曰何晏字平叔南陽人也尚金鄉公主頗有材
能爲散騎常侍遷尚書主選及曹爽反誅晏并收斬東市
四十二字案表本是也茶陵例於大略相同便稱某同某

注其實文句非全同也此并銑於善耳尤所見者亦然又將他本善注頗有材能四字校添益不可通

注生

數歲下至武皇異之表本茶陵本無此十三字

注晁錯對策曰表本茶陵本晁錯作董仲舒案此尤校改者是

注王齊曰隔定四方案齊當作肅隔當作商此所引家語五帝德注也史記集解亦載其語可證各本皆誤

不飭不美表本茶陵本飭作飾案飾字是也

注田豫

討大將表本大作吳是也茶陵本亦誤大何校據改

注然伐一星案然下當有參字各本皆脫

注晉宮閣銘曰案銘當作名各本皆譌

注山有紫榛案紫字不當有各本皆衍

注

多當爲趨廣雅曰趨多也案二趨字皆當作趍今廣雅釋詁三作敥西京賦淸酤敥注亦引廣雅敥多也趍與敥同字耳

注說文曰編署也案編當作扁下文可證各本皆譌

菡萏

艶翕案菡當作蘔注云菡萏已見上文者謂魯靈光殿賦菡萏披敷也云蘔與菡同者謂此賦之蘔字與彼賦之菡字同也善正文必是蘔字無疑五臣乃改爲菡各本亂之而失著校語

命共工使作繢案繢

當作繪注引鄭尚書注可證繪字通作繢蓋五臣改之各本正文皆以亂善而不著校語　注繢讀曰繪　袁本繢作會案會字是也茶陵本亦誤繢蓋校者初欲以繢改下繪字而誤改會字也　注以思親正君　陳云別本思作恩案恩是也此沔水箋文但今未見其本耳　注壯勇不立　案勇當作男各本皆譌　注酒槃沈湎　袁本茶陵本沈作流是也何校據改　注大戴禮記曰　袁本記作詩茶陵本記曰作引詩案袁本是也　注靡有不克　案克當作孝各本皆譌　宜爾子孫　袁本作孫子云善作子孫茶陵本云五臣作孫子案各本所見皆非也注云宜爾子孫巳見上文者謂毛詩巳引在魯靈光殿賦也詩之子孫與賦之孫子語倒而意不異無嫌取證不知者遂依注以改正文乃失其韻矣　注李聃曰　案聃當作軌謂李軌注法言也各本皆誤　注侯權景福殿賦曰　案侯上當有夏字權上當有稚字各本皆脫安陸昭王碑注引作夏侯稚當互訂稚權名惠見魏志夏侯淵傳注　注時襄羊以劉覽　陳云劉當作瀏瀏覽與西征賦瀏睨同義其說是也各本皆譌　注言爲虯龍之形吐水

灌注以成溝洫交橫而流表本無此十八字茶陵本無之形吐水注以成七字案此所見不同也

注服虔漢書注曰箽叢竹也鵾鷺二鳥名鰋鮋二魚名又注字林曰倂齊等也表本無此二十七字茶陵本無兩名字案此所見不同也

注賑富案富下當有也字各本皆脫

注爲作恃五穀表本茶陵本作恃作天持是也

注薛綜東京賦注曰高昌建城二觀名也表本茶陵本無此十五字案此所見不同表茶陵是而尤非也何云東京賦無此語謂賦文既無高昌建城則薛注自不得有矣其說最是凡尤校此書專主增多故往往并他本衍文而取之

注碣揭同表本茶陵本無此三字案蓋五臣以此改正文碣爲揭而二本去此注耳

注毛詩曰或耘或耔表本此注首有謂九野也四字最是茶陵本無尤所見與之同皆誤脫

注鄭元禮記曰案記下當有注字各本皆脫

屯坊列署表本茶陵本坊作方案二本是也

制無細而不協於規景案當衍而字說見下

作無微而不

違於水泉案當衍不字注云無細不合皆言合也無微而違言不違也正文上句無而字下句無不字甚明白易知各本皆誤衍又案考五臣濟注云無微不違言不違當是其本乃衍表茶陵二本不著校語則所見皆以五臣亂善也注無細不合皆言合也案上合當作協皆言當倒各本皆誤文彩璘班表本班作斒云善作班茶陵本云五臣作斒案注引埤蒼作斒疑校語未是注熠盛光也表本茶陵本無盛字案此尤依說文校添注魏志文紀曰青龍見於摩陂何校文改明摩改摩陳同案依魏志校也各本皆譌總神靈之貺祐案祐當作祜注同各本皆然但傳寫譌耳

卷十二○海賦○巨唐之代表本巨作臣云善作巨茶陵本云五臣作臣案各本所見皆非也陳云觀此注中臣堯之解則善本亦作臣也巨乃傳寫之誤其說最是注延作涎音延三字在注末是也泱陂潢而相沷案沷當作沃注沷灌也同茶陵本云善作沷表本云善作湲所見皆誤也沃與下句鑿協字譌而失其韻注踰濟漯陳云踰別本作踰下注引同案茶陵脩改本如此表本仍

皆作踰似善讀孟子不同也 注七林 陳云二字似當在滲字下表茶陵二本正如此今案此衍字也表茶陵有者爲五臣滲字音其善滲音侵自在注中尤所見因誤在淫字下遂兩存之正以七林當淫字音耳又案凡善音各本多失其舊今於其可考者悉加訂正 注烏黨 又 注乃朗 茶陵本作泱烏黨反瀼乃蕩切在注中有塡淤反瀼之害下表本但有泱烏黨反四字又案凡善音皆云反今本作切者後人所改此則改而未盡者也餘準此不悉出 注曠遠之貌 表本茶陵本此下有瀜音融三字是也 注史記曰斥

爲舄 案曰當作以各本皆譌西征賦注云戰國策以吳爲吾其句例也 注彼苗 表本茶陵本作撫彼苗切在注末是也 注言月將夕也 表本茶陵本月作日又此五字在大明月也下其下節注作翔陽日也言日初出也案此蓋尤本誤倒 注伏韜望淸賦曰 何校韜改滔淸改濤各本皆譌 注

巽風不至 案風當作氣各本皆誤舞鶴賦注引正作氣字 注丁迴反 表本茶陵本在注末是也反作切非 注不平貌 表本茶陵本此下有渭音謂漯音累迭徒結切十字是也 注乙于 案此五臣

音表本茶陵本有滛盄音洿三字在注末是也尤存此删彼非

注土含 茶陵本云吐甘切五臣作土含切表本作土含案茶陵校語是也表本用五臣尤與之同非

注濼與傑同 表本茶陵本無此四字案所見不同也似有者是矣

注苔 案此五臣音表本有㕣直合切四字在注中重疊也下是也茶陵本幷此節注於翰注而去四字尤與之同非

注奴冷 表本作濘奴冷反四字在注中沸注貌下是也茶陵本亦誤去說見上

靐音埋 表本茶陵本無此三字案無者非也此善音正文下莫排二字乃五臣音尤所見未檢照而兩存然足訂二本之失凡善音各本皆非其舊或表茶陵非而尤是此條其例也

注波相吞吐之貌 表本茶陵本此下有呷呀甲切四字案呀當作呼此善呷字之音也尤誤删

注充制反 表本茶陵本在注末是也反作切非

天吳乍見而髣髴 案髣髴當作彷彿善注可證見下甘泉賦猶彷彿其若夢注彷佛亦引說文楚辭彼五臣作髣髴有明文此亦各本亂之而不著校語

蝄像 案蝄像當作罔象善注可證考表本茶陵本於善注字則作罔象於五臣向注字則作蝄像截然有別無可疑也唯正文不著校語爲以五臣亂善

而讀者乃不辨耳

注式染 表本茶陵本作閃式染切在注末是也

注說文曰髣髴 表本茶陵本作彷彿案二本是也尤所改非下引楚詞仍未改可證說見上文甘泉賦漢書作仿佛二注所引說文字亦在亻部但善引說文多不合未必與顏同作仿佛也

注勞 表本作音勞二字在注中澇大波也下是也茶陵本誤與此同

注楚乙切 表本無此三字茶陵本在湖摩也上作楚兩切案茶陵本最是也此善磢字之音正文下楚爽二字乃五臣音尤本誤倒入下文改兩爲乙失之矣

注鑊 表本茶陵本作濩音鑊在注末是也

注敖 案此五臣音茶陵本有牛高切在注末敖字下乃善音表本亦誤去與尤本皆非

注其人黑齒也 茶陵本黑齒作齒黑無也字案齒黑是也表本亦誤與此同

爾其爲大量也 表本茶陵本無爲字案此無可考也

注虛也 表本茶陵本作天墟下有音區二字正文下無音虛二字案此尤用今爾雅改其實非善意也今爾雅郭讀虛如字不得引以注此賦必他家讀爲墟域之墟故曰音區又天字善因是釋天文而增之如下引析木謂之天津天字亦本文所無何云注誤未得其解

注莫泠 表本茶陵本作溟莫泠切在注

末是也

注烏 表本茶陵本作惡音烏在注末是也

突扤孤遊 表本茶陵本扤作杌是也注同

注七鄧又注鄧 表本茶陵本作蹭七鄧切蹬音鄧在注中失勢之貌下是也

鬐鬣刺天 案鬐當作鰭考善注引上林賦注各本皆作鰭而表本茶陵本於所載五臣濟注則作鬐截然有別唯不著校語爲以五臣亂善尤本所見亦然皆非也又江賦揚鰭掉尾正文不誤而注引上林爲鬐亦因二本用五臣作鬐相涉而轉輾致譌也

注盧 表本茶陵本作音盧二字在注中謂之顯顙下是也

注詭異也 表本茶陵本無此三字案無者是也以二本考之乃五臣銑注尤本誤係之於善耳

見喬山之帝像 案喬當作橋考善注引史記各本皆作橋而表本茶陵本於所載五臣良注則作喬截然有別唯不著校語爲以五臣亂善尤本所見亦然也

羣仙縹眇 何校縹改驃注同案所改是也善作驃注驃眇遠視之貌引魯靈光殿賦驃眇證之五臣作縹向注縹眇高遠貌各本皆以五臣亂善而不著校語唯注引忽驃眇句未譌也

芒芒積流 表本茶陵本芒芒作茫茫是也

注李尤翰林論曰 陳云案尤當作充見晉書文苑傳與東漢李尤時代夐殊

今案所校是也李尤遠在木前亦不撰翰林論各本皆譌○江賦○咨五才之並用案才當作材善注中引左傳各本皆作材可證也表本所載五臣向注作才茶陵本已刪度其所刪亦必是才耳皆不著校語與尤本同爲以五臣亂善注東別爲沱表本作巳見上文是也茶陵本複出與尤同誤注說文曰沬案考說文此字從末但善難蜀父老音妹顏師古音漢書亦然又索隱云音妹又音末唯小司馬又音爲從末耳然則在當時往往從末作矣善引說文多不合當仍其舊又案蜀都賦善音武蓋反亦從末也注信陵縣西二十里案信當作江郡國志所載荊州南郡江陵縣也各本皆譌注應劭漢書地理志曰何校志下添注字陳同今案此下所引皆班志文蓋善元作應劭漢書地理志注曰沅水出牂柯漢書地理志曰云云今各本脫注下十二字而不可通也引應沅水出牂柯與上引山海經出象郡異說正下文入沅水經云入江之例注在廣陵興縣何校興改與是也各本皆譌注山名安地德者也案山名當作名山各本皆倒注悰案此五臣音茶陵本有昨宗切在注中水聲也下乃

善音表本亦誤去與尤本皆非

注開達山南　何校改開作闓是也各本皆譌陳云一作闓今未見

注音伏　表本茶陵本無此二字案無者非也說見前

注音學　表本茶陵本無此二字案無者非也說見前凡以後放此者不悉出

注客　案此五臣音也茶陵本云五臣作硌音客表本作硌音客用五臣也云善作硞考集韻二十一麥有硞克革切云礐硞水激石不平皃然則上力隔二字乃眞善硞字音必本是注末有硞力隔切云云也各本皆誤係之於礐字下而尤本又以五臣硌字音音硞益不可通

注楚人名淵曰潭府　表本府下有已見上文四字案此尤誤刪也潭句絶府已見上文五字爲一句謂海賦水府之內引劉劭趙都爲注也茶陵本亦誤與此同

注宏　表本茶陵本作浤音宏三字在注末是也

注似脈胎渾混　表本茶陵本混作沌下皆同是也陳云當作沌

注孕婦三月而脈胎　表本茶陵本無胎字案此精神訓文也今本作三月而胎必善所引者作脈尤延之校改遂誤兩存

注大浪踊躍　表本茶陵本踊作踽是也

注叫　案此五臣音茶陵本云五臣作澆音叫表本作澆音叫用五臣也又云善作繞蓋善不爲繞字

作音尤衍甚非 注漰渤水聲也 表本茶陵本此下有渤蒲沒切四字是也 注臨海水土記曰 表本茶陵本無臨海二字案以下所引皆作臨海水土物志疑記仍當作物志二字也 注鮪屬 陳云別本屬上有鱣字案今未見考爾雅注當有 注王鱣之大者 案鱣字當重各本皆脫 注鰊似繩 表本茶陵本似下有鱦音二字是也 注郭璞曰 茶陵本此下有鰧音滕三字案此在中山經注今本作騰音騰字與善引不同然可借證其當有 注矖也 表本茶陵本此下有爆蒲角切四字是也 注尾跂 表本跂作岐茶陵本亦作跂案此亦在中山經注今本作岐或善引不同 注音團如扇之團 案團如當作如團此在南山經注今本不誤 注生乳海邊曰沙中 表本茶陵本無曰字是也 注子工 案此五臣音茶陵本有蝬子公反四字在注中三蝬似蛤下乃善音表本亦誤去 注呼甘 表本茶陵本作呼甘切三字在注中有文下是也 注毗 案此五臣音也善自引郭璞曰音毗在注末五臣襲之耳各本皆誤兩存後凡放此者不更出 注說文曰研 表本研作硯是也茶陵本亦誤研

或焆曜崖鄰案鄰當作粼善引說文可證見下五臣乃作鄰向注云畔也是其明文各本皆作鄰又不著校語以五臣亂善非也注鄰水崖閒鄰鄰然也表本三鄰字皆作粼案此粼之別體字最是茶陵本亦皆作鄰與此同誤注翻與獝同案當作翻⿵几羽與獝狘同各本皆脫注紅蘢舌案舌當作古各本皆譌注二案此五臣音茶陵本有毦耳利切四字在注中皆草花也下乃善音表本亦誤去注毦與茸表本茶陵本無與字是也注涯灌則叢生也表本茶陵本則作厓側二字是也注曰眉又注具側案此正文五臣作踦䠱故踦下音巨眉䠱下音具俱表茶陵可證但不著校語爲以五臣亂善耳善作踦踦音義具在注中尤本依而改正是矣但仍贅此音而又誤其字則失之陳有校語殊誤今不取又踦跔同字載集韻陳云別本作跔注同今未見其本注巳見同篇表本同篇作上文案善注例云上文是也茶陵本改爲複出其所見仍當是上文耳注名曰獺其狀如鱬陳云獺當作獱鱬當作獳是也案此引中山經注文下鱬同注與獺同案與上當有獱字各本皆脫注

呼犢爲㸸 案㸸當作𤙖下文云㸸與𤙖同謂引此𤙖與正文㸸同也今爾雅正作𤙖 注㸸夔牛之子也 表本此上有然此二字是也茶陵本全刪此三字益非又案此㸸亦當作𤙖 景炎霞火 陳云據注霞當作赮案所校是也前壁立赮駮表茶陵二本有校語云善作赮五臣作霞此必同彼但失其校語耳後吸翠霞而夭矯亦當有誤 江妃含嚬而矊眇 案妃當作婓注引列仙傳作婓可證各本皆以五臣作妃而亂之吳都賦江婓於是往來五臣作妃此同彼也 注矊矊音緜 表本茶陵本無此四字案此蓋矊與緜同之誤或其下仍有音緜二字 涉人於是𢹂榜 表本茶陵本𢹂作檥是也注同 注併船也 表本茶陵本此下有補浪切三字是也 注杜預左氏傳曰 案傳下當有注字各本皆脫 注企與跂同 表本茶陵本同作通是也 注海潤于千里 何校海上添河字陳同各本皆脫 注言以綜爲喻也 表本茶陵本綜作織是也 陽侯遯形乎大波 陳云據注侯當作后案所校是也善作后五臣作侯表本所載翰注陽侯波神各本皆以五臣亂善而不著校語非

也注楊國侯案楊當作陽各本皆譌此覽冥訓注也今本云陽侯陵陽國侯也蓋善節引之注生性也表本茶陵本無此三字案此尤所校添慼交甫之喪珮案喪當作徭表本作喪有校語云善作徭可證茶陵本亦作喪而無校語與此皆爲以五臣亂善注孟子曰水陳云別本無水字案茶陵本如此表本仍有

文選考異卷第二

文選考異卷第三

賜進士出身通奉大夫江南蘇松常鎮太等處承宣布政使司布政使胡克家撰

卷十三○風賦○至其將衰也袁本茶陵本校語云善無此五字案尤本初無是也後脩改增多非也陳云別本無今未見注露甲新夷飛林薄案甲當作申飛當作死各本皆誤所引涉江文也注堁或爲壚非也袁本茶陵本堁下有烏臥切三字案有者最是又袁本脫或爲壚非也五字得目爲蔑袁本茶陵本蔑作職案此所見不同二本非而尤是也注引呂氏春秋者盡數篇文彼作職今本不誤善云蔑與職古字通者謂玉賦蔑與彼職通也蓋五臣因此改賦爲職後以之亂善又改注中字以就之所當訂正注則爲蔑案蔑當作職下蔑眵也同各本皆誤說見上注中風人口動之貌袁本茶陵本無人字案此誤取五臣濟注中字增多非也○秋興賦○注興者記事於物茶陵本記作託是也袁本亦誤記四時忽其代序兮袁本茶陵

本時作運案不著校語無以考也注有榮悴者案悴當作華各本皆譌飀瑟兮袁本茶陵
本飀作蕭案楚辭作蕭似二本是也注風暴疾也案暴疾當作疾暴各本皆倒後三十三卷可證又下
息念卷戾當作思念暴戾遠出當作遠客出去族親別下當有逝字倣此又楚辭亦可證也注了袁本茶陵
本作僇音了在注末是也注事有當然袁本茶陵本當作常是也注既來既往茶陵本來
往二字互易是也袁本亦誤注以爲華蓆也案華當作芉各本皆誤今說文作平芉平同字蟬
嘒嘒而寒吟兮袁本茶陵本而作以案此亦兩通無以考也注杜篤下至言晃朗
而高明袁本茶陵本無此二十字注如登春臺袁本登春作春登是也茶陵本亦誤倒注
此以喻指之非指也何校以下添指字是也各本皆脫陳云別本有今未見注漢書
鄭明曰陳云明當作朋是也各本皆譌所引蕭望之傳文菊揚芳於崖澨袁本茶陵本於
作乎案此亦兩通無以考也○雪賦○注臣授琴而鼓之案授當作援各本皆譌

注謂之焦泉案泉當作溪各本皆誤揜日韜霞袁本茶陵本揜作掩注同案此蓋亦尤校改之也注杜預左氏傳曰陳云傳下脫注字是也各本皆脫注已見西京賦說文曰挺拔也達鼎切袁本茶陵本無此十六字有瓊亦玉也瓊樹恐誤也九字案亦當作赤說文玉部文也瓊赤雪白故善以正惠連之誤此注疑兩有以九字承達鼎切之下袁茶陵二本皆脫十六字尤據別本校補之但誤去九字大非玉顏掩姱袁本茶陵本姱作嫮案二本是也今注有脫誤尤據之改正文大非說見下注范子紈素出齊袁本茶陵本無此六字注嫮與姱同好貌袁本茶陵本好上有姱字案各本皆非也當作嫮以姱嫮與嫭同嫮姱好貌十一字嫭以姱連上美人皓齒大招文也嫮與嫭同賦作嫮大招作嫭也嫮姱好貌王逸之注也傳寫脫誤不可讀尤延之遂誤改正文爲姱字今特訂正之注曰安不飛茶陵本飛作到是也袁本亦誤飛嗟難得而備知袁本嗟作羌茶陵本亦作嗟案此必善羌五臣嗟各本失著校語而亂之注我善養吾浩然之氣案浩

當作皓下同各本皆誤說見後荅賓戲下注鴻安巨嚴平頌曰案鴻上當有梁字各本皆脫補亡詩
引有○月賦○注時年三十六何校三改四陳云三當作四案所校是也本傳可證各本
皆誤注長歌行曰陳云長當作傷是也各本皆誤注王逸楚辭注曰士高四
墮曰椒袁本茶陵本無此十二字注侯瑛箏賦曰案瑛當作瑾各本皆譌茶陵本侯作吳更
誤何陳校據之非也說詳後陸士衡猛虎行注防露蓋古曲也茶陵本防作房是也袁本亦誤
防注郚人聽之不若延露以和也袁本茶陵本無此十一字臨風歎兮
將焉歌茶陵本云五臣作焉袁本云善作烏烏字傳寫譌此尤延之校改正之也案注原成叔
曰案原當作厚各本皆誤此所引襄十四年傳文幽憤詩注作后九錫文注作厚厚即后也善引羣書其字或不
畫一例如此矣○鵩鳥賦○誼既以謫居長沙袁本茶陵本謫作讁案讁字是也注
引韋昭作讁可證史記漢書皆作適或以適改讁而爲謫也注閑暇不驚恐也袁本茶陵本閑

上有李奇曰三字與萃聚也連在私怪其故句下是此及下條亦李奇注尤皆誤也

注識于鵩鳥也　表本識作問是也茶陵本亦誤識

注鶡冠子曰固無休息　茶陵本無此八字是也表本有亦非

注顏師古曰　表本茶陵本師古作監是也

注而相怨伐　表本茶陵本無伐字

射傷吳王闔閭闔閭且死　表本茶陵本不重闔閭

注巳決之矣遂與師　表本茶陵本無決之矣遂與師六字

注持滿者下至以地　表本茶陵本無此十五字

注以遺之不許　表本茶陵本無此五字

注使陪臣種　表本茶陵本無此四字

注敢告下執事　表本茶陵本無下字

注吳王將許　表本茶陵本許下有之字

注謝曰下至遂自殺　表本茶陵本無此十三字

注乃蔽面曰　表本茶陵本乃下有自字案此節各條尤所校改皆未是也

何足控搏　案搏當作揣漢書作揣選文與之同故善注有且史記揣作搏字之語若自作搏於注全不可通必五臣因此改正文作搏後來以之亂善耳幽通賦注引作揣亦其一證也又注中控揣變生之意也

孟康曰揣持也如淳曰揣音團或作摶在此賦訓揣爲量今各本於正文既誤之後改揣作摶改摶作揣皆不可通所當訂正**注控摶愛生之意也**表本茶陵本控上有善曰二字是也案此一節蓋皆善注**注善曰鶡冠子曰**表本茶陵本無善曰二字是也説見上又表本鶡上有又字子下有亦字是也茶陵本無非**注師古曰患音還**表本茶陵本無師古曰三字案無者是也**注郭璞曰**案璞當作象各本皆誤所引大宗師篇文之注也**或趨東西**表本茶陵本東西作西東案二本是也尤誤倒史記漢書皆作西東其孟康注云東西者即不拘語倒耳**注大人者與天地**表本茶陵本大上有文子曰三字是也**窘若囚拘**案窘當作僒注同漢書作僒選文與之同故善云囚拘之貌其五臣良注窘困也乃作窘耳各本皆以五臣亂善史記索隱云漢書作僒音去殞反與善讀求殞反正合**得坻則止**案坻當作坎漢書作坎選文與之同觀善引孟康注於首可見其下復引張晏兼廣異本必五臣因此改坎爲坻故僅取張小洲之語作注也各本皆以五臣亂善**注易明夷則仕**茶陵本明上有大字無夷字表本作

明夷與此同案各本皆誤也易明夷當作謂夷易德人無
漢書顏注引可證也陳云別本作明夷易亦誤
累袁本茶陵本累下有兮字下細故蔕○鸚鵡賦○注典
芥句同案此不著校語無以考也
引曰來儀集羽族於觀魏袁本茶陵本無此十一字惟西域之靈鳥兮
袁本茶陵本無兮字下體金精
之妙質兮同案此亦無以考也注幾者事之微也袁本茶陵本幾
作機注在蜀郡五道西何校五改湔氏二字注情慨慨而
是也陳同是也各本皆誤
長懷茶陵本上慨字作慷何今日之兩絕案兩當作雨考
是也袁本亦誤慨贈蔡子篤一別
如雨注云鸚鵡賦曰何今日以雨絕陳琳檄吳將校曰雨
絕于天然諸人同有此言未詳其始善自作雨甚明此及
陳檄皆無注者以具注在彼詩也袁茶陵二本所載五臣
良注云何今日兩相隔絕各在一方是五臣乃作兩各本
以之亂善而順籠檻以俯仰茶陵本籠作櫳云五臣作籠
失著校語袁本作籠案袁本用五臣也
失著校語非尤以徒怨毒於一隅袁本怨下校語云善作
五臣亂善益非冤案袁所見是也五臣

翰注自爲怨字茶陵本云五臣作冤○鷦鷯賦○有以自
必校語有倒錯耳此以五臣亂善
樂也　案樂當作得袁本云善作得茶陵
本云五臣作樂此以五臣亂善　注西京賦曰巂距
爲刀鈹　案此有誤也文在吳
都賦或善誤記耳　有用於人也　袁本無有字茶
陵本有案此亦
無以
考也　注易曰天地造生　袁本茶陵本易
下有注字是也　戀鍾岱之林野　何校
岱改代
代注同案善引漢書爲注今地理
志作代何據之校也晉書所載作岱　海鳥鶢鶋　案鶢鶋
當依晉
書所載作爰居善引國語爲注亦是爰居字袁茶陵二本
五臣翰注乃作鶢鶋字葢善爰居五臣鶢鶋各本亂之耳
正文下袁居二
字即五臣音也　吾又安知大小之所如　袁本茶陵本知下
有其字大小作小
大案此亦無以考也
晉書作大小無其字
卷十四○赭白馬賦○注後爲祕書監太常卒　袁本茶陵
本無太常
二字卒下有官字案
此尤延之校改也　注氷原嘶代駄　袁本茶陵本駄下有
以韻言之葢馬名也

八字正文下但有伏字無音伏馬名四字案二本是也尤删移甚非又案之下蓋上仍當有音伏二字二本因與正文下五臣音複而節去亦非當補正注樂率職貢案職貢當作貢職各本皆誤注尚書曰王府則有陳云王玉互異必有誤今案各本皆同無以訂也注宋人以馬百駟案以下當有文字各本皆脫陳云別本有今未見注函夏之大案大下當有漢字各本皆脫餘屢引有注倚瓠切表本茶陵本此三字在注末是也注漢書武帝報李廣曰威稜憺乎鄰國案此十四字當在肆習也下各本皆倒陳云別本王于興師下接又曰至習也廿二字再接漢書今未見都人仰而朋悅茶陵本云五臣作朋表本云善作明案此尤校改正之也注赤文而綠地也表本作赤文綠色綠虵也茶陵本與此同案蓋表本是注乘纖離之馬表本茶陵本離作驪案尤依今史記校改之也驪即離字加偏旁耳然而般于遊畋表本茶陵本般作盤是也注泛覆也表本茶陵本此下有如淳曰方腫切六字是也注魏都賦曰皇恩畢

茶陵本畢作綼矣二字是也袁本亦誤畢注春秋考異記云案記當作郵各本皆誤後長安有狹
邪行注亦誤記注周禮曰師曠見太子案禮當作書各本皆誤注漢書舊儀
曰陳云書字疑衍是也各本皆衍○舞鶴賦○注以自援王子晉案自當作目各
本皆譌帀日域以迴鶩袁本日下有校語云善作目茶陵本無案袁所見非注而徧四
方者也袁本茶陵本方作海是也注姱好也袁本茶陵本此下有吭胡浪切四字是也注異
氣至案氣下當有不字各本皆脫注吾導夫先路茶陵本吾上有來字是也袁本亦脫注
二達謂之歧案歧下當有旁字各本皆脫注奔獨赴也案獨當作猶各本皆譌注
雲罷俱止也袁本茶陵本無俱字是也注皇家赫赫而天居案赫字不當重各本
皆衍○幽通賦○注家語孔子曰袁本家上有善曰二字是也茶陵本移每節注首尤
刪去皆非下注漢書曰班氏之先上淮南子曰蟬上成帝
之初上孟子曰窮上孔叢子曰仲尼大聖上毛詩曰斯言

之玷上淮南子曰黃神吟嘯上楚辭曰時不可乎再得上周易曰初九上莊子曰天與地無窮上曹大家以寤爲迕也上孝景立栗姬男上韓詩曰謀猶迴穴上莊子曰田開上論語孔子曰上論語曰長沮桀溺上禮記曰孔子哭子路上論語子路行行如也上言罔兩責景之無操上仁謂求仁上周易曰東鄰殺牛上左氏傳曰晉獻公上國語晉侯問簡子曰上成命以成天命也上史記曰夏后氏之衰也上左氏傳曰陳公子完上毛詩曰牧人乃夢上左氏傳曰叔向上老子曰有物混成上左氏傳秦伯問士鞅曰上楚辭曰衆兆之所咍上莊子曰或聘莊子上論語子曰富與貴上輶德德輕而易行也上論語曰微子上論語子夏曰上尚書曰天威棐忱上毛詩曰匪大猷是經上春秋緯曰麟出上淮南子曰楚有白猨上莊子曰道之眞上論語曰朝聞道上周易曰天造草昧上莊子曰可以保身上同又篇中每節首凡非舊注者亦同不具出

注曰高陽配水也　案曰上當有又字各本皆脫

又注乳虎故曰炳靈　何校乳虎改虎乳陳云當從漢書注作虎乳案所校是也各本皆倒

注象恭滔天　茶陵本象上有尚書曰三字袁本有善曰二字案此當兩有善曰尚書曰五字

注皮義　袁本茶陵

本作平鄙五臣音也注末表本有善曰圯皮義切六字茶陵本有圯皮義切四字善音也尤删移非注越表本
作善曰曰音越在注末是也茶陵本無尤删移皆非注韋昭曰音眛又音忽表本作鄧展曰
昒音眛一音忽在注末是也茶陵本脫眛一音三字尤移改皆非注盍何不也表本茶陵本盍上有
應劭曰三字是也上聖迕而後拔兮表本云善作迕茶陵本云五臣作痦案各本所見皆非也
善亦作痦故曰曹大家以痦爲迕若作迕此注不可通漢書作痦師古如字解之義異文同也雖羣黎之
所禦表本茶陵本雖作豈是也案漢書作豈注音訶迎也表本茶陵本作韋昭曰御音訝訝迎
也在注末是也尤删移非注所也音由表本茶陵本作孔安國尚書傳曰逌所也在注末是也尤删移
又以五臣由作逌音皆非注今也則亡表本茶陵本無此四字恐魍魎之責景兮
案魍魎當作罔兩應劭注同表茶陵二本所載五臣翰注作魍魎各本善注作罔兩蓋正文以五臣亂善漢書作罔
蜽與此小異顏注引莊子仍作兩嬴取威於伯儀兮表本茶陵本伯作百是也案漢書作百

注伯益在唐虞爲 案虞爲當作爲虞各本皆倒漢書顏注引作伯益爲虞無在唐二字

注洽周鳩 何校周改州陳同是也各本皆誤

注三年逢公所馮 案年當作所各本皆誤此韋昭周語注也漢書顏注亦可證

注櫝而藏之 表本藏作去是也茶陵本亦誤藏運命論注引作去

注化爲元黿 案黿當作鼃各本皆譌運命論注引作鼃

注此其代陳有國乎 表本茶陵本無代陳二字案此尤校添之也

注靈公奪而理之 表本理作埋是也茶陵本亦誤理案此引一則陽文也釋文奪而里一本作奪而埋之可證

妣聆呱而劾石兮 案劾當作刻注引應劭曰刻其必滅羊舌氏本或爲劾云云可證也表本茶陵二本所載五臣濟注云劾刻也蓋取或爲之本改成劾字二本正文下何弋亦五臣音也各本皆以之亂善而失著校語漢書作刻引應注云刻知其後必滅羊舌氏字與善同矣

物有欲而不居兮 表本兮下有校語云善作乎茶陵無案表所見非漢書作兮

注曹大家曰以乃爲内 陳云曰字衍是也各本皆衍

注以明示禮度之信而致麟

案以明示禮度當依漢書顏注引作有視明禮脩各本皆誤視明禮脩之解詳具羣籍茲不具論 注封其後爲紹嘉公係殷何校封上添漢字殷下添後字陳云當有並見漢書注是也各本皆脫顏引爲下有哀成三字亦脫 及注當訊之來哲表本茶陵本訊作訴是也 惟聖賢兮表本云善作聖賢茶陵本云五臣作賢聖案各本所見皆非也聖賢但傳寫倒漢書作賢聖以聖命協韻 以道用兮表本茶陵本以作亦案二本是也漢書作亦 注孟子曰生表本有應劭曰三字在孟上其舍置也上無案表本是也漢書顏注引可證茶陵本改弁入五臣更誤 注曹大家曰大素不染表本曰下有尚庶幾也越於也七字案表本最是茶陵本改弁入五臣而刪去非尤同其誤也

卷十五〇思元賦〇注平子名衡下至系曰表本茶陵本作元道也德也其作此賦以脩道德志意不可遂願輕舉歷遠遊六合之外勢既不能義又不可故退而思自反其系曰四十五字 注夫何思元而已表本茶陵本重思字 注衆妙之門表本茶陵本此下有平子時爲

侍中諸常侍侍惡直醜正危衡故作思元非時俗二十二字案此節注脩改蓋初與二本同也未詳尤所據凡本卷以下增多皆倣此

舊注 表本茶陵本舊上有張平子三字案有者是也此每篇下所標作人姓名

注結深

蘭之亭 表本茶陵本重亭字是也

注尚書帝曰 表本茶陵本無帝字是也

注隤愷 表本茶陵本愷作敳是也

注毛萇傳曰 下至 此言無遺爲法也 表本茶陵本無此二十一字

注而吾曰遇之 表本曰作日是也茶陵本亦誤曰

注漢書曰賈誼曰 下至 曰呫 表本茶陵本無此二十六字

惡既死而後已 何校惡改要陳云范書作要表本茶陵本作要云善作惡案各本所見傳寫誤也

注禮記曰簞笥 下至 蓋瑤字相似誤耳 表本茶陵本作負曰簞方曰笥並盛食器也無上八字下十七字

注馬中立切今賦作縶字 表本茶陵本無此九字

注蕭該音本作陂 下至 陂邪也 表本茶陵本無此三十五字

注善曰賈逵曰 表本茶陵本無賈逵曰三字

注說文曰辮 下至 鞶帶也

表本茶陵本無此二十九字注說文曰珩下至所以節行表本茶陵本無此二十一字

昭綵藻與琱琭兮陳云琱琭范書作雕瑑表本云善作琱琭茶陵本云五臣作雕瑑案琱即雕字善不注琭恐傳寫誤注夏末乃止表本茶陵本無此四字注順陰陽氣而生案陽字不當有各本皆衍注賊害之鳥也下至繆也表本茶陵本無此十三字注爾雅曰

茵芝下至瑞草表本茶陵本無此十五字咨姤嫭之難並兮何校姤改妬陳云范書作妬表本云善作姤茶陵本云五臣作妬案各本所見皆傳寫誤善注云妬惡也章懷注後漢書曰言嫉妬者憎惡美人故難與並也善意正如此作妬無疑若作姤與惡也之訓不復可通各本并注中亦誤作姤字遂以爲與五臣有異其實非也作妬字誤而爲姤已見顏氏家訓是此二字多混注羨韓衆之流得一案流字不當有各本皆衍此引遠游文即岐阯而臚情表本茶陵本臚作臚注同是也何陳皆云後漢書作攄詳舊注云陳也善云力於切選文不作攄與范書異也注上九爻辭云肥遁案肥當作飛下

故名肥遁同各本皆誤正文作飛何云後漢書作飛陳云七啓有飛遁離俗語上注亦作飛此不知者改之耳 注又曰聊浮游於山陿 表本茶陵本無此八字 注遁下體是艮 下至 故曰揚聲 表本茶陵本無此二十六字 注遁上九變爲兌 下至 故曰不營 表本茶陵本無此六十四字 注天爲澤 表本茶陵本天上有故曰二字 注雖復險戲世路可知 表本茶陵本無此八字 注玉堦天子堦也 下至 言尚欲進忠賢 表本茶陵本無此二十四字 注東龜長又曰東曰龜甲屬 表本茶陵本無長又曰東曰龜六字案甲當作果各本皆譌 注爾雅曰龜 下至 以甲卜審 表本茶陵本無此二十七字 注字林曰遈盡也 表本茶陵本無此六字 注說文曰遠也 表本茶陵本無此五字 注古文周書曰 下至 及王子於治 表本茶陵本無此一百七十六字案二本最是也善注自上文母氏喻道也其下云唯歸於道其下引老子至母者道也一意承接中間不得有此段與上下異解必或

記於旁光延之誤取以增多無疑餘條亦往往類此注從水軟聲下至液汁也表本茶陵本無此十三字去穢累而飄輕表本茶陵本飄作彯案後漢書作票善不注未審果何作注海中山也表本茶陵本山上有神字注元中記曰下至沈於大海表本茶陵本無此一百二十六字注飲沆瀣表本茶陵本此下有以長生三字注日出暘谷案暘當作湯各本皆誤注海外東經曰下至有扶桑表本茶陵本無此十五字注又如椹樹長丈表本茶陵本無又如椹樹四字長下有數千二字注楊雄太元經曰案經當作賦各本皆誤此賦古文苑載之注昔禹致羣臣於會稽之山陳云臣當作神是也各本皆誤翩繽處彼湘濱案繽後漢書作儐章懷注翩連翩也儐弃也善不注未審果何作其五臣翰注云翩繽美貌恐非善意其字固不必作繽也蓋涉下文繽連翩兮紛暗曖而誤五臣因輒以美貌解之耳注山海經曰洞庭之山下至遂號爲湘夫人也表本茶陵本無此一百八十三字注左

氏傳下至爲祝融袁本茶陵本無此十七字注善曰爾雅曰沄沉也袁本茶陵
本無此八字注自北戶之外袁本茶陵本戶下有孫字注北戶孤竹袁本茶陵本孤
竹作孫注方言曰下至躔行也袁本茶陵本無此十字注廣雅曰躊躇猶
豫也袁本茶陵本無此八字注不壽者八百歲何校不改下陳云不當依范書注作下是
也各本皆譌注字林曰潺湲流貌袁本茶陵本無此七字注太公金匱曰
下至謂爲馮夷袁本茶陵本無此十九字注注曰馮夷下至而水仙袁本茶陵本無此二
十字注淮南子曰天子袁本茶陵本此六字作又曰二字注予合韻音夷渚
切袁本茶陵本無此七字注穆叔孫穆子下至走向齊袁本茶陵本此十五字作初穆
子去叔孫氏七字注通之有子在齊袁本茶陵本無通之有子四字在作適注旦而
瞻其徒下至而從我矣袁本茶陵本此三十八字作魯人召之所宿庚宗之婦人獻以雉曰余子

長十八字注詐謂外人表本茶陵本無此四字注覆器下至而死表本茶陵本此十六
字作不食而卒四字注蒼頡篇識書下至葬始皇酈山表本茶陵本無此三百三十七
字案此亦非舊注也若有之善不煩於下更注矣凡增多未是者以此推之注家甚貧表本茶陵本無
甚字注致資巨萬及期忌司命之言表本茶陵本此十一字作利及期三字注
與行旅者同宿表本茶陵本此六字作同宿路三字注遂便貧困表本茶陵本無便字注
鄭元曰孕任子也表本茶陵本無此七字注愼者下至裨竈表本茶陵本無此十
四字注叔孫昭子曰表本茶陵本無叔孫二字注叔孫之言下至不驗表本茶陵
本無此十三字注裨竈言于子產曰下至子產不予表本茶陵本無此三十一字
注遂不與表本茶陵本遂上有是亦多言矣豈不或信九字注今言梓愼裨竈下至
爲言事之難知也表本茶陵本無此二十七字注善効人之子姪昆弟

之狀袁本茶陵本之狀作好扶邑丈人而道苦之注邑丈人有之市而醉歸者
袁本茶陵本邑作黎丘無有字而醉作醉而注曰吾爲汝父也下至何故袁本茶陵本無
此十九字注孽矣無此事也袁本茶陵本無矣字此事作若注昔也下至可問也
袁本茶陵本無此十一字注是必奇鬼固嘗聞之矣袁本茶陵本必下有夫字鬼下有也
我二字無嘗字矣字注復於市欲遇而刺殺之袁本茶陵本復下有飲字無殺字注
明旦之市袁本茶陵本無之市二字注遂往迎之袁本茶陵本無往字注丈人望
見之袁本茶陵本見之二字作其眞子三字注爾雅曰丁當也袁本茶陵本無此六字
無緜攣以倖己兮何校倖改涬注同茶陵本有校語云善作倖袁本無案後漢書作涬章懷引衡
集注云涬引也與此舊注正合恐善亦作涬茶陵及尤所見倖字傳寫誤也注又曰周公若袁本
茶陵本無周公若三字注淮南子曰湯時下至即降大雨袁本茶陵本無此五十五

字注自以爲犧牲表本茶陵本無牲字注豈可除心腹之疾表本茶陵本無豈可二字注民者國之本國無民表本茶陵本者國之本四字作所以爲三字注如何傷本而救吾身乎表本茶陵本無此九字注傳宣公十五年秋七月下至余汝所嫁婦人之父也表本茶陵本無此一百八十四字何校乙去云複雜不成文理陳云別本無當從之削去爲是案所校是也此等皆尤延之增多而誤者注王逸曰下至志錯越也表本茶陵本無此十三字注賈逵曰逼迫也爾雅曰表本茶陵本無賈逵曰爾雅曰六字注方言曰磑磑堅也表本茶陵本無方言曰三字堅也作高貌注說文曰拂下至騷動也表本茶陵本無此十九字注王逸曰騷愁也合韻所流切表本茶陵本無此十一字有音脩二字注爾雅曰下至而遊其中表本茶陵本無此十五字注文子曰騰表本茶陵本騰下有蛇字注淮南子曰奔蛇廣雅曰表本茶陵

本無此九字　坐太陰之屏室兮　表本茶陵本屏作屏後漢書作屏案屏字是也注中引說文屏表茶陵誤作屏尤校改正之但誤并改正文耳　注顓頊者黃帝之孫昌意之子　表本茶陵本無此十一字　注字林曰潚深清也　表本茶陵本無此七字　憋墳羊之深潛　表本云善作深潛潛茶陵本云五臣作潛深後漢書作潛深陳云當作潛深今案潛字自協似當仍其舊　注侌古陰字　茶陵本此四字在注末案蓋善語也尤移入舊注表本刪之皆非又案考舊注凡引魏晉以來書者恐皆善注舛誤各本所同無以訂正附著以俟更詳　注春秋外傳　表本茶陵本無此四字　注淮南子曰下至土神　表本茶陵本無此二十二字　注人面蛇身下至是燭九陰　表本茶陵本無此三十二字　注是謂燭陰　表本茶陵本是謂二字作曰　注鍾山有子下至而龍身　表本茶陵本無此十三字　注字林曰憖謹敬也　表本茶陵本無此七字　注西海之南下至又曰　表本茶陵本無此四十九字　注說文曰姣好也

廣雅曰表本茶陵本無此九字注嫮目冥笑眉曼何校冥改宜眉上添蛾字陳同是也各本皆誤注方言曰袿謂之裾表本無方言曰之四字茶陵本無此七字注環珠也下至玉石之色表本茶陵本無此二十字注葩華也表本茶陵本無此三字注廣雅曰絪緼下至非此之用也表本茶陵本無此四十三字注玉女宓妃言忘棄我實多表本茶陵本無此十字注可以爲卿表本茶陵本無此四字注淮南子曰崑崙墟下至高一萬一千里表本茶陵本無此三十三字注食之長壽表本茶陵本無此四字注古今通論曰不死樹在層城西表本茶陵本無此十二字注瑤蘂也案此有誤也各本皆同無以正之注爾雅曰斞酌也表本茶陵本無此六字注王逸淮南言白水表本茶陵本逸下有曰字抨巫咸作占夢兮表本茶陵本作作使後漢書作以注懿美也表本茶陵本懿上有姑且也三字注韓詩曰

靜貞也袁本茶陵本無此六字　注杜預曰姑且也袁本茶陵本無此六字　注言戒誓下至而來迎我也袁本茶陵本無此十六字　注爾雅曰暴雨下至爲涷雨袁本茶陵本無此二十三字　注森聚貌袁本茶陵本聚作衆是也　注僕夫謂御車人也袁本茶陵本無此七字　注八乘公上得從車八乘袁本茶陵本無此九字　注旌羽旒也袁本茶陵本無此四字　注字林曰溶水盛貌今取盛意袁本茶陵本無字林曰水今取盛意八字　後委衡乎元冥袁本茶陵本衡上有水字袁校語云善有後字茶陵校語云五臣無後字陳云范書無後字案後漢書有水字尤誤脫去　徵澳泓而爲清陳云徵范書作澂袁茶陵二本作澄注同案善五臣作澄也尤作徵疑所見不同舊注云徵騰也未詳其義恐未必是澂澄字今無以定之　注主簸物袁本茶陵本物作揚是也　拽雲旗之離離兮袁本茶陵本拽作曳是也後漢書作曳　注淮南子曰下至至疾袁本茶陵本無此十九字有楚辭二字屬

下是也注其樂也彤彤案彤彤當作融融觀下注可見各本皆誤注孔安國尚書傳注曰袁本茶陵本無此八字注高誘淮南子注曰袁本茶陵本無高誘注三字注字林曰靖立也袁本茶陵本無此六字注閶闔其寥廓案閶上當有閌字各本皆脫注漢書下至古善馭者袁本茶陵本無此十四字注山名此山之精袁本茶陵本無此六字注上爲星名封狼袁本茶陵本爲下無星名封三字狼下有星字注禮記曰以日星爲紀袁本茶陵本無此八字注說文曰下至爲娩袁本茶陵本無此十一字注分布遠馳之貌袁本茶陵本無此六字注硠音苦郎切袁本茶陵本苦郎切三字作康乘焱忽兮馳虛無袁本云善作焱茶陵本云五臣作猋案各本所見皆非也以善引甘泉賦服注及上林歷駭猋證之不得作焱正文及注皆傳寫誤後漢書作飈猋飈同字上文迅猋潚其滕我兮及注同此注倚閶闔而望兮案兮當作予各本皆誤注爾雅曰錯鳥

隼下至及鳴鳶也表本茶陵本無此三十字夕惕若厲以省𠎝兮茶陵本𠎝作諐後漢書作諐是也表本亦誤𠎝長門賦同此何必歷遠以劬勞表本茶陵本云善無必字案後漢書有必字疑二本所見傳寫脫注言繫一賦之前意也表本無言字前字茶陵本言作重注老子曰天長地久表本子下有德經二字久下有篇字茶陵本無案曰似當作有篇謂章也注天地下至故能長生表本茶陵本無此十七字注京房易傳曰下至一清表本茶陵本無此十字注遠度世以忘歸表本茶陵本度作渡案二本正文校語云善渡五臣度後漢書作度或渡字傳寫誤未必是也注說文曰逞極也表本茶陵本無此六字注注慍怨也下至忿恨也表本茶陵本無此二十字注又曰表本茶陵本無此二字注注不如鳥奮翼而飛去表本茶陵本作悄悄憂見客恨也言怨小人在朝恨不如鳥奮翼而去注臣不遇於君下至厚之至也表本茶陵本無此十三字注公羊傳曰下至

猶提將也表本茶陵本無此十六字迴志竭來從元謀何校謀改諆云後漢書作諆今案章懷注云諆或作謀善不注此字未必作諆且謀字自協當依其舊陳云別本作諆今未見必誤涉後漢書耳注夫復也表本茶陵本無此三字○歸田賦○注歸田賦者下至不曰歸田表本茶陵本無此二十六字注都謂京都下至羨貪欲也表本茶陵本無此三十五字注易乾鑿度曰下至治平之所致表本無此三十三字有河清已見上茶陵本所複出與此全異亦非注顪頤膝攣表本茶陵本無此四字注謂御者曰下至爲秦相表本茶陵本無此六十一字注諒信也微昧幽隱表本茶陵本無此七字注楚辭曰下至鼓枻而去表本茶陵本無此三十一字注滄浪之水淥表本茶陵本淥作濁案淥字大誤鶬鶊哀鳴表本茶陵本鶬鶊作倉庚案二本是也注中字作倉庚可證注頡頏上下也表本茶陵本無此五字注關關噰噰表本茶陵本噰噰作嚶嚶案此尤校

改但疑善別據爾雅異本引之也注釋訓曰下至兩鳥鳴也袁本茶陵本無此十八字注廣雅曰逍遙儴徉也袁本茶陵本無此八字注龍吟而景雲至袁本茶陵本無此六字注而谷風䡴袁本茶陵本䡴作至案尤校添上句并改也注觸矢射也吞鉤釣也袁本茶陵本無此八字注鄭元注曰下至可以解吾民之慍兮袁本茶陵本無此二十七字注劉德曰下至如辭也袁本茶陵本無此二十四字

卷十六○閑居賦○而良史書之題以巧宦之目袁本茶陵本書之題三字作題之二字題下校語云善作書晉書作書之題蓋尤延之依彼改也注文深善巧宦袁本茶陵本作巧善宦三字注漢書司馬安下至而歎息袁本茶陵本無此四十四字注字林曰袁本茶陵本無此三字注仕不得志袁本茶陵本無此四字注言誠有巧宦之理拙固有之袁本茶陵本無此十一字注諱炎字安世袁本茶陵

本無此五字注諒闇下至故曰諒闇表本無此十七字有及諒闇並已見西京賦案表本是也但京當作征耳茶陵本所複出與此全異皆非注孔安國曰知天命之終始表本茶陵本無此十字注八徙官下至輒去官也表本茶陵本無此六十四字注周公曰予多才多藝表本茶陵本無此八字注方今下至方正也表本茶陵本無此十二字注孔安國曰下至言政無非表本茶陵本無此十二字注余羸老矣表本茶陵本矣作也是也注王隱晉書曰岳母寒以數戒焉表本茶陵本注無此十二字鄭元曰下至容斗二升表本茶陵本無此十一字注注知足之人下至終身不危殆也表本茶陵本無此三十九字灌園粥蔬表本茶陵本粥作鬻是也晉書作鬻注於陵子仲表本茶陵本仲作曰終二字案終字是也曰字衍耳此所引賢明傳文尤改誤注故曰臘也下至改臘曰嘉平表本茶陵本無此十七字注奚其爲爲政下至即與爲

政同也袁本茶陵本無此四十一字傲墳素之場圃陳云傲晉書作遨爲是袁本茶陵本場作長晉書作長案二本所載五臣銑注云以爲長圃嘯傲其中矣是其本作傲字長字善注未有明文無以考也

注墳大也下至素王之文也袁本茶陵本無此十九字注其智下至不可及也袁本茶陵本無此十一字注虞仲夷逸下至子男凡五等袁本茶陵本無此三十四字何陳校但去禮記至凡五等十四字未是注爾雅曰地下至於糾切袁本茶陵本無此十八字有黝長貌三字今案二本是也黝者⿰镸幼之同字也玉篇長部有⿰镸幼云於皎切⿰镸幼⿰镸求長不勁廣韻二十九篠同故善云長貌安仁以之與下文傑字偶句⿰镸幼言梁之長猶傑言臺之高於地謂之幽夐乎無涉不知何人誤認輒記於旁尤延之不察取而改之讀者莫辨矣又二本正文下有於糾二字向注云黝橋貌蓋五臣不取長爲訓而如字讀之善義既全異音亦未必同也注仲長昌言曰下至曷若辟雍海流袁本茶陵本無此六十三字備千乘之萬騎何云之字疑今案各本皆同晉書亦作之無以考也注郭璞

爾雅注曰下至後人易之以竹袁本茶陵本無此五十三字注太學在國學東茶陵本無此六字袁本亦有案無者是也上節注引述征記有斯語不當再出注安革猛詩曰案安字衍革猛當作韋孟各本皆誤依錢少詹大昕十駕齋養新錄載海寧陳仲魚鱣說訂正注來假祁祁又曰袁本茶陵本無此六字注言有道則可以爲師袁本茶陵本無此八字注毛詩曰築室百堵袁本作築室已見上是也茶陵本複出非注甚甘袁本無此二字茶陵本此節多脫誤案凡二本之誤多不更論注廣志曰下至世罕得之袁本茶陵本無此十六字注廣志曰下至置樹苑中袁本茶陵本無此二十字注荊州記下至仙人朱仲來竊袁本茶陵本無此十七字有周文朱仲未詳六字案二本是也此等皆尤增改之誤注大山肅下至爲碓磨之磨袁本茶陵本無此三十二字案無者是也此見顏氏家訓勉學篇必或記於旁而尤誤取以增多者彼肅上有羊字記者失去遂成誤中之誤注爾雅曰荊桃下至不解

核 表本茶陵本無此二十八字案二本是也安仁自以桃櫻桃胡桃爲三桃善注但有櫻桃胡桃者桃不須注耳不知者乃記爾雅於旁尤取之最誤若善果引此是荊冬山胡而四并桃成五與正文乖戾甚矣凡增多之誤多此類 注棣實似櫻桃也 表本茶陵本實似二字作山案山字是也實似誤涉下 蔘蓤芬芳 表本茶陵本蓤作菱注同案二本是也晉書作菱菱蓤同字此亦或記於正文及注旁而尤誤取之者 注鄭元儀禮注曰蓤廉薑也 表本茶陵本無此十字 注與蓤同 表本茶陵本無此三字 注菜似薑 表本茶陵本無此三字 注曹子建求親表曰 何校求下添通親二字陳同是也各本皆脫 注火星中而寒暑乃退 表本茶陵本無星字而字 注河上公注 下至 熙熾也 表本茶陵本無此三十七字 注爾雅釋言曰 下至 皆周徧也 表本茶陵本無此十七字 注言屈軌不行也 表本茶陵本言上有結猶屈也四字 注張揖曰結猶屈也 表本茶陵本無此七字 注王隱晉書曰兄御史釋

弟燕令豹表本茶陵本無此十三字注孔安國曰下至則懼表本茶陵本無此十五字注竹曰管表本茶陵本無此三字注蓬萊而駢羅表本茶陵本蓬上有夾字注爲樂之方表本茶陵本無之字案二本是也彼賦善自無之字注此安仁不自保下至而登官位於世也表本茶陵本無此二十一字○長門賦○奉黃金百斤表茶陵校語云善無黃字案此尤校添之也注字林曰幸吉而免凶也表本茶陵本無此九字注說文曰佳善也表本茶陵本無此六字注言忖所爲被退在長門宮之事表本茶陵本無此十二字注而忘於爲人表本茶陵本無爲字心慊移而不省故兮表本茶陵本慊作熑注同案二本是也此尤誤改說見下注慊字或從火非表本茶陵本慊作移案二本最是考玉篇火部云熑熪火不絕廣韻五支同是當時賦本有作熪者善作移從如字解之故辨熪爲非也不知何時此注誤移爲慊尤延之乃改正文之不誤者以就其誤失之甚矣熑熑同

字注說文曰愨謹也表本茶陵本無此六字注薄具肴饌也表本茶陵本無薄字是也注悲愁窮戚兮獨處案處下當有廓字各本皆脫此所引九辯文注又曰不安之意也表本茶陵本無此七字注言似君之車音也表本茶陵本無此七字鸞鳳翔而北南表本茶陵本翔作飛案二本不著校語無以考也注脅斂也萃集也表本茶陵本無此六字注字林曰下至乙戒切表本茶陵本無此十一字注攻中言攻其中心表本茶陵本無此七字注木蘭下至亦木名表本茶陵本無此十字注方言曰櫨栱也表本茶陵本無此六字注時仿佛而不見表本茶陵本不作遥是也注心淳熱其若湯表本茶陵本無此六字注見不審諦也表本茶陵本無審字是也注今江東呼甓爲甂甎表本茶陵本無今江東呼甓爲六字甎下有也字注說文曰悵望恨也表本茶陵本無此七字注志其中操也表本茶陵本志

作至是也注自卬激厲也表本茶陵本無此五字注自眼出曰涕表本茶陵本無
此五字注臣瓚漢書注曰下至徐行貌表本茶陵本無此三十七字有蹝履足指挂履
也七字注殃咎也表本茶陵本無此三字注言以爲枕席表本茶陵本無以字注
廣雅曰表本茶陵本無此三字魄若君之在旁惕寤覺而無見兮表本
茶陵本魄作魂寤作寐案二本不著校語無以考也注楚辭曰下至惶遽貌表本茶陵本無此十
七字注爾雅曰下至昴也表本茶陵本無此十三字注曼曼長也一作漫漫
表本茶陵本無此八字注更歷也表本茶陵本無此三字注一云將至之意表本
茶陵本無此六字○思舊賦○注與嵇康呂安友表本茶陵本無此六字注
干寶晉書曰嵇康下至時人莫不哀之表本茶陵本無此二百四十二字有臧榮
緒晉書曰安妻甚美兄巽報之巽內慚誣安不孝啓太祖徙安遠郡即路與康書惡之收安付廷尉與康俱死見法

謂被法也五十字是也茶陵本惡之上又有太祖見而四字表本無蓋脫注康別傳臨終曰下至不與表本茶陵本無此二十二字有干寶晉紀曰五字注就死命也下至援琴而彈表本茶陵本無此二十二字注淒泠也表本茶陵本無此三字注將命者出茶陵本出下有戶字是也表本亦脫注周大夫行役下至又方禾黍油油表本茶陵本無此四十三字注作雅聲曰下至不我好表本茶陵本無此十九字注李斯者下至論要斬咸陽表本茶陵本無此二百六十三字注斯出獄與其中子三川守由俱執表本茶陵本斯上有李字無與其至俱執十字注出上蔡東門逐狡兔豈可得乎表本茶陵本出上有俱字可上無豈字注遂父子相哭下至輒決於高表本茶陵本無此二十二字案此一節尤延之增多者皆甚誤注五行運轉遇人所遇之吉凶也表本茶陵本無人所遇之四字注司馬彪曰下至或合或開表本茶陵本無

此二十一字　○歎逝賦○注太傅楊駿辟爲祭酒　表本茶陵本爲祭酒三字作機　注參大將軍軍事　表本茶陵本無此六字　注臨刑下至而作賦焉　表本茶陵本無此三十三字　注何休曰僅方也　表本茶陵本無此六字　注孫林曰親之近也　陳云林疑當作炎是也各本皆誤　乃作賦曰　案作當作爲表本茶陵本無作字校語云善有爲字　注伊惟也下至上下也　表本茶陵本無此十二字　注言日月望空下至驚動而立　表本茶陵本無此十七字　注能執下至得長年也　表本茶陵本無此十一字　注晼晚言日將暮也　表本茶陵本無此七字　注一日方至　表本茶陵本無此四字　注誰謂宋遠　表本茶陵本無此四字　注通呼爲世　表本茶陵本世下有人字　注暮言人之年老也　表本茶陵本無此七字　注爾雅曰下至一曰王蒸　表本茶陵本無此三十五字　雖不寤其可悲　表本茶陵本校語云善作悟案本篇前後皆不作悟二本

但據所見爲校語未必是注箋曰莫無也下至俱揖而進之表本茶陵本無此二十三字戚貌瘁而尠歡表本茶陵本戚作慼校語云善作戚案此亦但據所見爲校語未必是注蒼頡篇曰瘁案瘁當作悴觀下注可見各本皆誤注何往而不殘殘毀也表本茶陵本無何往而不殘五字有皆字注即死路也表本茶陵本無即字注日思往沒之人多在顏也表本茶陵本無此十字諒多顏之慼目表本云善作諒茶陵本云五臣作亮案本篇亮造化之若茲不作諒二本據所見爲校語未必是注言春秋與往同然存亡異時表本茶陵本無此十一字注忘失也宅居也表本茶陵本無此六字注言我將欲老死與汝爲客也表本茶陵本無此十一字注言精神不定世表在世之表也表本茶陵本無此十二字注寤覺也表本茶陵本無此三字注言旣寤之下至言不足亂也表本茶陵本無此二十二字注言未識也表本茶陵

本無此四字注遺棄也表本茶陵本無此三字注未迹喻老下至以娛老年表本茶陵本無此二十二字○懷舊賦○注爾雅曰下至爲昏姻表本茶陵本無此十二字注臣松之注魏志下至字公嗣表本茶陵本無此三十字陳云按魏志田豫傳中領軍楊暨舉豫注云臣松之案暨事見劉曄傳暨子肇晉荊州刺史云云劉曄傳中無暨子肇以下諸語注微誤案此或記於旁而其人讀裴注未諦尤延之輒取以增多耳陳不知今所行選注經尤校改每非善舊故尚不加遽斥其實善無是語也注哀公問孔子弟子孰爲好學表本茶陵本無此十一字注死矣今也則亡表本茶陵本無此六字注楚辭曰不能復陵波以徑渡表本此十一字作徑度已見上文是也茶陵本複出非注掩覆也表本茶陵本無此三字注車輪謂之軔表本茶陵本車作軌並二字案此亦尤校改耳注楚辭曰白日晼晚其將暮表本此十字作晼晚已見上文是也茶陵本複出非注河南郡圖經曰下至十

五里表本茶陵本無此十五字注森森一作榛榛壘平聲表本茶陵本無此九字○寡婦賦○注毛詩曰下至不如友生表本茶陵本無此十九字注爾雅曰下至謂俱巳嫁也表本茶陵本無此二十一字注杜預左氏傳注曰下至則夫天表本茶陵本無此十八字注潘岳集下至遂爲其母辭表本茶陵本無此二十六字注使荀息侍奚齊公疾召之表本茶陵本無此十字注辱大夫下至小兒笑也表本茶陵本無此三十一字注禮記內則曰下至孩而名表本茶陵本無此十二字注長慼慼不能閒居兮案下慼當作之兮當作焉各本皆誤注箋曰行下至而有適人之道表本茶陵本無此十四字注言夫之早隕者遇天未悔禍之時表本茶陵本此十三字作天禍未悔四字注爾雅曰下至江東呼爲蓋表本茶陵本無此十六字注纂要曰下至曰幬表本茶陵本無此十五字注就列

就其房列之位也　表本茶陵本無此九字　注爾雅曰下至棲雞宿處　表本茶陵本無此十九字　注寔命不猶　表本茶陵本無此四字　注又曰下至瞀亂也　表本茶陵本無此十四字　注廣雅曰曜靈日也　表本茶陵本無此七字　注顏延年曰下至遒速也　表本茶陵本無此二十二字　注遒速也　表本茶陵本無此三字案此於上所增多爲複乃誤中之誤　注空廓寥廓也　表本茶陵本下廓字作寥案陳云廓廓寥誤即據別本也　注字林曰仿下至言平生昔日之時也　表本茶陵本無此二十二字　注爾雅曰下至曰旒　表本茶陵本無此十一字　注公西爲志焉　茶陵本西下有赤字是也表本亦脫　注喪柩之旌也　茶陵本喪作表表本亦作喪案陳云喪表誤亦據別本也　注爾雅曰下至即今之旒旒　表本茶陵本無此十四字案此於上所增多亦爲複皆誤中之誤也　注僕夫悲余懷兮馬　表本茶陵本馬在余字下是也此所引離騷文　注凡人喪曰疢　表本茶陵本無

此五字注家語曰下至偏嬴貌表本茶陵本無此二十三字注鸕鶿曰表本鶿下有賦字是也茶陵本亦脫注顧顏貌之絶絶茶陵本顏作顊是也表本顊上衍顊字亦非注

文公六年表本茶陵本無此四字有曰字注妻言願亦如三良死從於夫也表本茶陵本無此十二字注春與秋兮代序何校兮改其案兮字當在上句末各本皆誤

注毛詩曰歲聿其暮表本茶陵本無此七字注君憮然若有茶陵本有下有亡字是也表本亦脫注楚辭曰秋風兮下至振動也表本茶陵本無此十九字注毛詩曰柏舟下至報恩養於下庭表本茶陵本無此五十五字案恭姜柏舟歸骨山足善均於上注詭何得更有云云觀此可知尤增多之無足取也

○恨賦○

注意謂古人下至而死也表本茶陵本無此十四字注濟陽考城人表本茶陵本無考城二字注祖躭下至淹少而沈敏表本茶陵本無此十六字注自以孤賤下至謚憲子表本茶陵本無

此六十五字注爾雅曰試用也表本茶陵本無此六字注注兩手曰拱表本
茶陵本無此五字注茅焦上諫表本茶陵本無此四字注丹水更其南表本茶陵
本無此五字注三十七年表本茶陵本無此四字注伐紂陳云伐紂當作征伐案所挍是
也各本皆誤江賦注引正作征伐注大起九師表本茶陵本無此四字注是事之不
可知三也表本茶陵本無之字三字注風俗通曰下至則爲晏駕表本茶陵本無
此二十二字注趙王張敖表本茶陵本無此四字注徙房陵房陵在漢中
表本茶陵本作徙漢中房陵五字注武帝天漢二年表本茶陵本無此六字注爲騎
都尉下至出居延表本茶陵本無此十二字注弓矢並盡陵遂降表本茶陵本無
弓矢並盡陵五字注漢高巳併天下尊爲皇帝表本茶陵本無此十字注羣
臣飲爭功醉表本茶陵本無飲字醉字注漢書元帝下至本南郡人也表本

茶陵本無此四十八字　代雲寡色　表本茶陵本代作岱陳云代岱誤注同今案二本不著校語表本善

注中字作代茶陵本亦作岱今漢書天文志是岱字　注疊閡之始　陳云閡當作閱是也各本皆誤　注

王隱晉書　下至　穆王林女也　表本茶陵本無此十七字　注張衡　下至　脩夜彌

長　表本茶陵本無此十六字　注字林曰孽子庶子也　表本茶陵本無此八字　注穆

天子傳　下至　古有死生　表本茶陵本無此十三字　○別賦○注失色將敗

之貌　表本茶陵本無將敗之三字　注說文曰黷深黑也　表本茶陵本無此七字　注

賈逵曰唯獨也　表本茶陵本無此六字　注論曰鼓琴者　下至　以玉爲之

表本茶陵本無此十七字　注表叔正情賦曰　茶陵本叔作淑是也表本亦誤　注莊子曰

君惝然若有亡　表本此九字作若有亡已見上文注八字是也茶陵本複出而誤　注曾高

也空息也　表本茶陵本無此六字　注纂要曰帳曰幕　表本茶陵本無此六字　注

甚見器重朝庭爲榮表本茶陵本無此八字　注功成身退下至稱疾篤表本茶陵本無此十四字　注送車數千兩下至長安東都門也表本茶陵本無此十八字　注在河內縣陳云內當作南案此據金谷集詩注引校也　注旁若無人表本茶陵本無此四字　注伏虔通俗文曰下至曰訣表本茶陵本無此十二字　注燕丹太子曰陳云太字衍是也各本皆衍　注鼓鍾並發表本茶陵本鼓上有旣字　注服虔曰士負羽表本茶陵本無此六字　注孟子曰表本茶陵本曰上有注字是也又送應氏詩注引各本皆無注字蓋脫　注程夫人案夫當作大各本皆誤范書蔡邕傳程大人即此也　注或曰朱塵紅塵表本茶陵本無此六字　注司馬彪注曰襲入也表本茶陵本無此八字

注以琴見孟嘗君孟嘗君表本茶陵本無此九字　注先生鼓琴下至無故生離表本茶陵本無此二十二字　注孟子見齊宣王下至脩德之臣也

表本茶陵本無此三十字注楚聲子與伍舉俱楚人舉將奔晉表本茶陵本無聲子與俱楚人舉七字注班荊而坐表本茶陵本無而坐二字注顏延年下至結綏

登王畿表本茶陵本無此十七字注毛詩曰閟宮有侐表本茶陵本無此七字儻

有華陰上士服食還山表本茶陵本山作仙校語云善無此二句案此不當無傳寫脫也或尤即以所見五臣補之故與二本山仙不同注列仙傳脩芊者下至不知所之表本茶陵本無此三十三字案此亦尤增多也蓋本并脫正文與注一節而所謂眞善注云何無由知矣鍊金鼎

而方堅案鍊當作練蓋善練五臣鍊而亂之注中兩見此字茶陵本作練是也表表盡作鍊非注列仙

傳曰王子晉下至憩於此表本茶陵本無此一百四字注而見若士曰表本茶陵本亘若士二字是也注詩溱洧章下至莫之能救云表本茶陵本無此二十四字有毛詩曰三字注注芍藥香草也下至結恩情也表本茶陵本無此三十六字注

桑中章袁本茶陵本無此三字　注送我於淇之上下至作詩以見己志袁本茶陵本無此一百五十二字陳云注引燕燕竹竿二詩並與本事無涉蓋誤解也云云亦因不知此非善注耳

注漢書曰下至字子雲袁本茶陵本無此十三字有淵王褒也雲揚雄也八字　金閭之諸彥袁本茶陵本閭下校語云善作門案此尤以五臣亂善也　注金閭金馬門也袁本茶陵本無此六字案尤增多此注以就正文之誤甚非　注史記荀卿下至故曰談天袁本茶陵本無此六十三字有漢書曰司馬相如既奏大人賦天子大悅飄飄有夌雲之氣七略曰鄒赫子齊人也齊人爲之諺曰三十七字　注赫修鄒衍之術袁本茶陵本赫上有言字

卷十七○文賦○注機字士衡下至係蹤張蔡袁本茶陵本無此一百字有陸機二字案士衡自於歎逝賦下注訖增多全非　注作謂作文也用心言士用心於文袁本茶陵本無此十三字　夫放言遣辭良多變矣又　注夫作文者

下至故非一體表本茶陵本夫下有其字云善無此二句案尤以五臣亂善也二本無注十六字尤并增多以就之甚非注文之好惡可得而言論也表本茶陵本無此十字注士衡

下至爲文之情表本茶陵本無此十三字注利害由好惡表本茶陵本無此五字注

言既作此文賦下至盡文之妙理表本茶陵本無此二十字有言知之易也五字案善於此注言知之易也於下注言作之難也可謂精當尤誤去其一句甚非至於增多之注膚庸乖舛亦甚易辨固不假詳論矣餘條同此注此喻見古人之法不遠表本茶陵本無此九字注則法

也下至謂不遠也表本茶陵本無此二十三字注文之隨手變改則不可

以辭逮也表本茶陵本無此十三字注蓋所言文之體者具此賦之言

表本茶陵本無此十二字注漢書音義下至幽遠也表本茶陵本無此二十四字注遵

循也下至而思慮紛紜也表本茶陵本無此二十五字喜柔條於芳春表本

茶陵本喜下校語云善作嘉案嘉字傳寫誤下有嘉麗藻之彬彬必相回避無疑　注秋暮衰落下至故喜也　袁本茶陵本無此十三字　注懍懍危懼貌眇眇高遠貌　袁本茶陵本無此十字有眇眇遠貌四字在此節注之末　注言歌詠下至而誦勉　袁本茶陵本無此二十八字　注又曰在昔　何校在上添自古二字是也各本皆脫　注論語曰下至孔安國注曰　袁本茶陵本無此十六字有包咸論語注曰六字　注文質見半之皃　袁本茶陵本見作相是也　注尚書中候曰下至周公援筆以寫也　袁本茶陵本無此十八字　注爾雅曰致至也　袁本茶陵本無此六字　注言思慮之至下至於潛浸之所　袁本茶陵本無此二十八字　觀古今於須臾　袁本茶陵本於下校語云善作之案此無可考也　注司馬遷曰卒卒無須臾之間　袁本茶陵本無此十一字　抱暑者咸叩　袁本茶陵本暑作景云善作暑案暑但傳寫誤　注言皆擊擊而用　袁本茶陵本無此六字　注

言文之來下至應劭曰表本茶陵本無此二十三字注公羊傳曰下至怗靜也表本茶陵本無此十三字注妙萬物案妙當作眇各本皆譌注廣雅曰躑躅何校躑改躅是也各本皆誤注與踟跦同也陳云跦躕誤是也各本皆誤注字林曰吻口邊表本茶陵本無此六字注言文之體下至以樹喻也表本茶陵本無此十六字注史由表本茶陵本無此二字注觚木簡也表本茶陵本無此四字注子路帥爾而對表本茶陵本帥作率是也注茲事謂文也下至行之不遠表本茶陵本無此三十六字注按抑按也下至悏大表本茶陵本無此十三字注纂要曰下至青條之森盛也表本茶陵本無此三十二字注文章之體下至無一定之量也表本茶陵本無此二十字注俛僶由勉強也表本茶陵本無此六字注言文章在有方圓規矩也表本茶陵本無此十字注漢書甘泉賦曰下至清瀏流也

表本茶陵本無此十六字注故纏綿悽慘表本茶陵本慘作愴是也注說以感動爲先表本茶陵本動作物是也注言文章體要在辭達而理舉也表本茶陵本無此十二字注凡爲文之體下至則有此累表本茶陵本無此十八字注項岱曰下至又曰表本茶陵本無此二十二字注應劭漢書注曰下至爲一銖表本茶陵本無此十六字注賔戲曰表本茶陵本賔上有荅字是也注蒼頡篇曰銓稱也表本茶陵本無此七字案上聲類下曰爲句增多在其間誤中之誤注夫駕之法下至故云警策表本茶陵本無此二十六字注左氏傳繞朝贈士會以馬策表本茶陵本無此十一字注而不改易其文表本茶陵本易其文作也注說文曰謂文藻思如綺會表本茶陵本無此十字注言所擬不異闇合昔之曩篇表本茶陵本無此十一字注言他人言我雖愛之必須去之也表本茶陵本無他人言我雖愛

之須八字又茶陵本言上有必捐二字袁本無 注毛詩傳曰茗陵茗也 袁本茶陵本無此八字 注一句既佳 袁本茶陵本一作言斯 注言思心 袁本茶陵本思下有之字 注或爲禘禘猶去也 陳云兩禘字並當作禠五臣本可據案所校最是各本皆誤 注尸子曰下至有珠 袁本茶陵本無此十四字 注高氏注玉下至襄也 袁本茶陵本無此三十字 注淮南子曰下至俗之謠歌 袁本茶陵本無此二十九字 徒靡言而弗華 袁本茶陵本徒靡言作言徒靡案二本不著校語蓋尤誤倒也 注瘁音下至而不光華也 袁本茶陵本無此十七字 注禮記曰玉瑕不掩瑜鄭元曰 袁本茶陵本此十一字作鄭元禮記注曰六字 注下管象武 袁本茶陵本無武字是也案明堂位文 注淮南子曰鄒忌一徽琴而威王終夕悲許慎注曰 袁本茶陵本此十九字作許慎淮南子注曰七字 注悲雅俱有下至則不成 袁本茶陵本無此十六字 注言聲雖高而曲

下表本茶陵本無此七字注然靈運有七諫何校有改以是也各本皆誤注地有桑間先何校先改者是也各本皆誤注於此水上何校上改出是也各本皆誤注尚元酒而俎腥魚表本茶陵本無此七字注甚甚之辭也茶陵本無下甚字表本有案各本皆非當重之字耳故亦非華說之所能精茶陵本無故字亦下校語云五臣作故表本故下校語云善有亦案有即作之誤尤因此而兩有非也注莊子曰桓公下至數術也表本無此二百三十七字有輪扁已見上注六字茶陵本亦不複出此增多甚非或受欪於拙目表本欪作嗤校語云善作蚩茶陵本作欪與此同校語云五臣作嗤案表本所見是也士衡自用蚩字善以蚩字本不訓笑故取欪字爲注如詠懷詩嗷嗷今自蚩之注也說詳在下尤茶陵所見非注欪笑也欪與蚩同案上欪上當有說文云三字兩欪字皆當作欪詠懷詩注曰說文云嗤笑也嗤與蚩同考說文無嗤字有欪字云欪欪戲笑貌从欠出聲蓋兩注本同此脫說文云彼誤欪爲嗤當互訂正注中原原中也

袁本茶陵本無此五字　注力采者得之袁本茶陵本無此五字　注虛而不屈動而愈出袁本茶陵本無此八字　注按槖下至說文曰袁本茶陵本無此十五字　注囊也袁本茶陵本無此二字　嗟不盈於予掬案嗟當作羌凡羌字五臣多改作嗟字此必各本以五臣亂善　注挈瓶下至提猶挈也袁本茶陵本無此十八字　注孔安國曰昌當也袁本茶陵本無此七字　故踸踔於短垣袁本茶陵本垣作韻不著校語案注中短垣語二本亦無之恐尤改未必是也　注謂脚長短也袁本茶陵本無此五字　注國語曰有短垣君不踰袁本茶陵本無此九字　注言才恒不足也袁本茶陵本無此六字　注紀綱紀也袁本茶陵本無此四字　注毛詩傳曰下至遏絕袁本茶陵本無此十三字　注又大宗師曰下至不知所由然也袁本茶陵本無此四十一字　注威蕤盛貌騶還多貌袁本茶陵本無此八字　注郭象注莊子曰下至而成梁

表本茶陵本無此六十九字注自求於文也表本茶陵本無此五字注物事也下至非予力之所幷表本茶陵本無此十七字注併力也表本茶陵本也下有力周切三字注言文下至而今爲津表本茶陵本無此十七字注軌曰表本茶陵本軌上有李字注葉世也表本茶陵本無此三字注爾雅曰泯盡也表本茶陵本無此六字注禮記曰下至未衰表本茶陵本無此二十六字注毛詩曰漢廣表本茶陵本詩下有序字

○洞簫賦○注漢書音義如淳曰洞者通也表本茶陵本此十一字作如淳漢書注曰洞簫八字注故曰洞簫表本茶陵本無此四字注淸也表本茶陵本無此二字注一名籟表本茶陵本籟下有漢書曰元帝爲太子嘉褒所爲洞簫頌令後宮貴人皆誦讀之二十四字注宣帝時表本茶陵本無此三字注帝太子體不安下至皆誦讀之表本茶陵本無此六十三字注其竹圓異衆處表本茶陵本無此六字注王逸楚

辭注曰幹體也表本茶陵本無此九字注罕稀也下至竹之末也表本茶陵本無此十六字注言竹生其旁故歆側不安表本茶陵本無此十字注言竹生敞閑之處又足樂也表本茶陵本無此十一字注后土地也下至不易其貞萃也表本茶陵本無此二十字注言風蕭蕭下至謂江回曲也表本茶陵本無此十五字注言江之流注灌漑其山也表本茶陵本無此十字注呂忱曰波水涌也表本茶陵本無此七字注字指曰磕大聲也表本茶陵本無此七字翺翔乎其顛茶陵本翺作翶表本校語云善作翶案翶乃翶之誤也臯別體作睪故翺別體作翶耳尤以正字改之遂與二本校語不合舞賦若翶若行仍未改抱樸而長吟兮案樸當作朴注引蒼頡篇朴木皮也可證否則尚有樸朴異同之注而刪削不全耳注蟬飲露而不食表本茶陵本無露字是也處幽隱而奧庰兮案庰當作屏表本云善作庰茶陵本云五臣作屏各本所見皆非賦作

屏善以屏字本不訓蔽故取庰字爲注正如思元賦坐太陰之屏室兮也說在彼下注說文曰屏蔽也案屏當作庰各本皆誤所引广部文也正文改屏爲庰而復改此注庰爲屏以就之大非思元賦注亦可證

注竹密貌袁本茶陵本無竹字是也注字書獺猭獸逃走也袁本茶陵本無此八字

注言審視竹之本體清而不讙譁也袁本茶陵本無此十三字

注言得謚爲簫下至豈非蒙聖王之厚恩也袁本茶陵本無此十九字

注一云夔下至學琴袁本茶陵本無此十三字

注爾雅曰鏤鋟也袁本茶陵本無此六字

注廣雅曰眼珠子謂之眸袁本茶陵本無此九字

注言冥生之人下至在於音聲袁本茶陵本無此二十三字

注字林曰吻口邊也袁本茶陵本無此七字

注司馬相如賦曰又猗狔以招搖袁本茶陵本無此十二字

注啗與頤劉袁本茶陵本劉作同案二本最是陳云劉字衍非也

注氣出迅疾也袁本茶陵本無氣出二字

獵若枚折陳云獵當作擸注同袁本云善作獵茶陵本云五臣作擸今案善注獵聲也未見必用擸字廣
雅一條又本非善注此爲善獵五臣擸無疑陳欲以五臣改善殊非注聲或渾沌不分潺湲
袁本茶陵本無聲或二字潺湲作之貌注或復其聲模無似枚之折也袁本茶陵
本無此十一字注詩曰伐其條枚袁本茶陵本無此六字有枚折似枚之折也七字注廣
雅曰獵折也袁本茶陵本無此六字注恐懼也袁本茶陵本無此三字注聲迭
蕩袁本茶陵本無此三字注廣雅曰嬈奇也袁本茶陵本無此六字注言聲漂
結而去袁本茶陵本無聲漂結而去五字言屬下句首注言聲之慷慨如壯士袁本
茶陵本無此八字注聲之細好也袁本茶陵本無聲之二字注字林曰悄含怒
也袁本茶陵本無此七字注自放縱袁本茶陵本無此三字注呂氏春秋曰伯
牙下至齊侯襲莒是也袁本茶陵本無此一百五十六字注杞梁妻嘆者案杞

當作芑觀下文可見茶陵本誤同袁本杞上有范字蓋改芑爲杞而兩存又誤芑爲范耳 棐跖鬻博偪以頓顙袁本茶陵本云善無以字案此尤以五臣亂善也寡婦賦注引此正無以字亦其一證 注復惠復黠慧也袁本茶陵本無此六字 注埤蒼曰彷徨猶仿佯也袁本茶陵本無此九字 故聞其悲聲案聞其二字當作爲袁本作其爲悲聲云善無其茶陵本云五臣有其此旣以五臣亂善又誤去下爲字添上聞字乃誤中之誤也 注說文曰袁本茶陵本無此三字 注歔欷悲也袁本茶陵本無此四字 注埤蒼曰腲腇肥貌袁本茶陵本無此七字 注爾雅曰蟋蟀下至今蝍蟟也袁本茶陵本無此二十七字 注說文曰喘疾息也袁本茶陵本無此七字 注狀聲之狀也捷武言捷巧袁本茶陵本無此十字 注鄭德曰蹝度也袁本茶陵本無此六字 注又云波急之聲袁本茶陵本無此六字 注言簫中次詩下至尚有餘音也袁本茶陵本無此十四字 注相

擊之貌表本茶陵本無相擊之三字貌屬上句末○舞賦○注按周禮下至音聲之容也表本茶陵本無此五十一字注扶風茂陵人也表本無茂陵二字注建初中表本無此三字注以毅表本無此二字注少逸氣表本無此三字注亦與班固爲竇憲府司馬表本此十字作遷竇憲司馬五字茶陵本此節注并入五臣全非不具出注雲夢藪名下至此並假設爲辭表本茶陵本無此二十字寡人欲觴羣臣茶陵本觴作醻云五臣作觴表本云善作醻案醻即觴別體字尤以正字改之又注引左傳各本皆作觴此等所言善作某字皆據所見耳注言不如視其舞形下至單曰音表本茶陵本無此二十五字注又曰歌采蕙下至聽者異也表本茶陵本無此二十八字注鄭元注禮記曰噫弗寤之聲表本茶陵本無此十一字注振振鷺鷺于飛表本茶陵本無此六字注顓頊樂曰五莖表本茶陵本無此六字注禮記曰鄭衛之

音亂世之音表本茶陵本無此十一字　玉曰唯唯表本茶陵本以此上爲序其下夫何提行另起案此賦恐無所謂序今題下有并序二字及提行未必善如此也　明月爛以施光茶陵本云五臣作爛表本云善作列案此尤校改也　注毛詩曰文茵暢轂表本茶陵本無此七字　注鄭元注曰茵蓐也詩曰表本茶陵本注上有禮記二字詩上有毛字　注鄭元曰君黃金罍表本茶陵本無此七字　注周禮曰朝覲有玉几玉爵表本茶陵本無此十字　注禮器篇表本茶陵本無此三字　注言皆欲騁其材能效其技也表本茶陵本無此十一字　注相著牽引也表本茶陵本無牽引二字　注淮南子曰鼓舞下至女樂羅些表本茶陵本無此四十字　注態謂姿態也表本茶陵本無此五字　注衣上假飾表本茶陵本無此四字　注垂霧縠表本茶陵本無此三字　注而奏操也何校而上添舞字是也各本皆脫　注亦律調五聲之均也何校亦改

六是也各本皆譌　注閑美陳云美靡誤是也各本皆誤　注坤蒼曰孈下至如弩機

之發迅表本茶陵本無此二十一字　注脩治儀容志操以自顯心志表本茶陵本無此十一字　注必有所象表本茶陵本無此四字　諸工莫當表本茶陵本莫下校語云善作共案此尤校改也　注相摩切也表本茶陵本相上有切字是也　注扱引也下至

扱引也表本茶陵本無此二十字　注若神仙之彷彿案仙字不當有各本皆衍說詳前此正文神動亦初不云仙也　擊不致筴茶陵本筴作爽案此無可考也表本校語仍云善作筴與尤所見同

注言翼然而往闇而復止表本茶陵本無此九字　注跌失蹠也表本茶陵本失作足是也　注言要之曲折灌然以摧折表本茶陵本無此十字　注字林

曰鳥趨跳也表本茶陵本無此七字　注曹憲曰瞭瞅下至無此二字表本茶陵本無此二十二字　攙纕就駕表本茶陵本纕作攘案此疑尤誤改耳　注埤蒼下至天

下躔躔表本茶陵本無此十三字有擾攘爭貌四字　注爾雅曰蹌動也表本茶陵本無此六字　注許慎淮南子注曰表本茶陵本無此七字　注闟跳行疾貌表本茶陵本無闟字　樂而不泆何校泆改溢表本云善作泆茶陵本云五臣作溢案何據注引孝經滿而不溢定從溢字也

卷十八○長笛賦○注周禮笙師掌教吹笛表本茶陵本無此八字

注今八長笛是也表本茶陵本無此六字　注將作大匠嚴之子爲人美容貌表本茶陵本無此十二字　注順帝時表本茶陵本無此三字　注與馬皇后親下至皆其弟子表本茶陵本無此二十七字　注辨位曰下至所下所過之書也表本茶陵本無此二十九字　注毛詩曰下至在阜部表本茶陵本無此二十六字

注京師謂洛陽也表本茶陵本無此六字　作長笛賦表本茶陵本賦作頌案善無注

二本不著校語無以考也注字林曰惟有也表本茶陵本無此六字注爾雅曰山小高下至山䜳無所通谿表本茶陵本無此三十二字注箭稾二竹名也表本茶陵本無此六字案善以箭稾爲一竹下注云二竹者幷聆風數之增多大誤注言似二竹茶陵本似作此是也表本亦誤似注蒼頡篇曰聆聽也表本茶陵本無蒼頡篇曰四字聽作風案二本最是韋昭注地理志箘簬亦云一名聆風見尚書釋文與鄭注正合尤增多及改皆大誤注漢書音義孟康曰揣持也表本茶陵本無此十字注作顛根將顛墜也表本茶陵本無此七字注郭璞曰下至因以名也表本茶陵本無此二十字注顡頭落也茶陵本落作顡表本無此字案今說文作顡頭顡顡大也疑各本皆誤注又兩山夾澗也表本茶陵本無此六字注鄭元曰澮所以通水於川也表本茶陵本無此十一字注凶王弼曰最處埳底也表本茶陵本無此九字注巖𡨴不平也表本茶陵

本無此五字　注卑曲不平也　表本茶陵本曲不平三字作下　注木長貌　表本茶陵本無木字　注漁池也　表本茶陵本無漁字　注水注聲也　表本茶陵本無聲字　注字林曰流水行也　表本茶陵本無此七字　注字林曰　表本茶陵本無此三字　注水瀑至聲也　表本茶陵本水瀑至作波　注古活切　表本活作括是也茶陵本亦誤活　注爾雅曰下至言蘊淪也　表本茶陵本無此十四字　注說文曰窊邪下也　表本茶陵本無此七字　注說文曰搖動也　表本茶陵本無此六字　注張揖注漢書下至至到也　表本茶陵本無此十八字　注杜預注左氏傳曰下至無有蹊徑也　表本茶陵本無此二十八字　注爾雅曰下至而長尾　表本茶陵本無此九字　注而大　表本茶陵本無此二字　注爾雅曰下至麀也　表本茶陵本無此九字　注葨髦也　案葨當作長各本皆誤　壄雉晁雊　表本茶陵本壄作野晁作朝案此未審善果何作　注說文曰下至晁

古朝字表本茶陵本無此十七字噍噍讙譟表本茶陵本讙下校語云善作嚾案此似尤改之也

注左右謂林之左右表本茶陵本無此七字注謍嗃並謂其仿聲也表本茶陵本無此八字注錚鐄聲也表本茶陵本聲上有皆大二字注說文曰錚金聲表本茶陵本無此六字注淮南子曰下至組急也表本茶陵本無此二十字注博物志曰鑑脅表本茶陵本無此六字注善琴名表本無善字茶陵本并刪王逸曰以下至此非注彭彭咸胥伍子胥也表本茶陵本此八字作羽獵賦曰餉屈原與彭胥鄭氏曰彭彭咸也晉灼曰胥子胥也二十四字案各本皆非也依善例當云彭胥已見羽獵賦七字注琴操曰下至射殺後妻茶陵本此一百三十三字作琴操曰伯奇者尹吉甫之子也吉甫聽後妻之言疑其孝子伯奇自傷無罪投河而死三十三字是也表本無非注左傳曰魯哀公下至魯人謂之哀姜茶陵本此四十字作左氏傳曰夫人姜氏歸于齊將行哭而過市魯人謂之哀姜二十三字是也表本無非

注帝王世紀曰下至枕之高下也表本茶陵本無此五十四字　掐膺擗摽表本茶陵本掐作搯案二本注中祇有國語一條亦無苦洽切之音恐善自爲搯字五臣乃作掐故正文下有苦合二字耳尤改作掐未必是凡各本音蓋皆失善舊但今無可考故多不出　注歎聲若雷息聲若頹也表本茶陵本無此九字　注爾雅曰棼輪下至膺胷也表本茶陵本無此二十九字　注魏書程昱傳曰下至乃止表本茶陵本無此二十三字　注禮記曰下至未嘗見齒表本茶陵本無此十九字　注古之巧人注公輸班也表本茶陵本無此九字　注刻木爲鳶飛三日不下表本茶陵本無此九字　注木車表本茶陵本無此二字　注垂成大山四起所謂善攻具也表本茶陵本無此十二字　注按墨子削竹下至在七十弟子後也表本茶陵本無此五十八字　注一作搓埤蒼曰搓擨也表本茶陵本無此九字　注顏監注下至因以名表本茶陵

本無此四十二字　注字林曰阤小崩也表本茶陵本無此七字　注聲類曰挑決也表本茶陵本無此六字　子壄協呂表本茶陵本壄作野案已見上　注周禮大師下至夾鍾表本茶陵本無此四十一字　注伶倫制十二簫陳云簫當作筩下同是也各本皆誤案所引仲夏紀古樂文也今作筒即筩字　注漢書律歷志曰下至故曰爲主表本茶陵本無此八十八字　注矯正也又注謂以火撟也陳云矯撟誤案上矯下撟二字當互易各本皆誤今考工記注作槁釋文云劉苦老反沈居趙反蓋劉槁沈矯善引與沈讀同矣　注斤斫木表本茶陵本木下有也字　注孔安國下至匏土革木表本茶陵本無此十五字　注食舉下至徹去也表本茶陵本無此二十三字　注五日一習表本茶陵本習下有樂字　注閒暇也服虔曰下至閒音閑表本茶陵本閒暇作暇閑無也字以下至音閑五十一字案二本最是暇閑連下注豫樂也五字皆韋語不得增多於其中也　注富謂聲之富也表本茶陵本無

此六字嵤距劫遌表本茶陵本嵤下校語云善作掌案二本所見非此尤校改正之也正瀏漂
以風洌表本茶陵本漂作漂注同案此似尤改之也注漢書音義下至洌清也表本
茶陵本無此二十四字薄湊會而淩節兮茶陵本薄上有寒字校語云五臣無寒表本校語云
善有寒案此似尤刪之善不注無以考也注說文曰氾濫也表本茶陵本無此六字注李
尤七疑曰案疑當作欵各本皆譌范書文苑傳可證七命注苔東阿王牋注作歎亦譌也他不悉出或
乃植持縱纆茶陵本云五臣作纆表本云善作纆案此尤誤以五臣亂善也注中解纆字語本非善所
有見下注漢書音義下至謂之纆表本茶陵本無此十七字注金乾主磬下至
其風閶闔表本茶陵本無此六十三字注對晉平公表本茶陵本無此四字注慉
壎心耳下至手雜也表本茶陵本無此六十三字注埤蒼曰蹁下至蹴蹭不
進表本茶陵本無此十五字注駘蕩安翔貌下至開也表本茶陵本無此十二字注鄭

元曰蜿委也表本茶陵本無此六字注言聲相絞槩下至水流貌表本茶陵本無此十四字注蒼頡篇曰拏捽也引也表本茶陵本作又曰拏索持也六字注廣雅曰撥挼之也表本茶陵本作又曰撥推也五字察變於句投表本茶陵本變作度案此似尤改之也但度是變非注思歸引者衞女之所作也表本茶陵本無此十字注說文曰篧倅字如此表本茶陵本無此八字曠瀁敞罔表本茶陵本瀁作瀇下有余兩二字案此尤本譌耳但善應有音今注中不見然則善音失舊甚明溫直擾毅表本茶陵本擾作優案此似尤改之也孔孟之方也案方字必誤上槩下介氣制察說惠皆韻不應八句中獨此不協也五臣濟注方比也云云是其本乃作方各本皆以之亂善而失著校語遂無可考以意揣之疑或當作大歟注尚書曰下至而有溫和也表本茶陵本無此二十字注厲列也茶陵本列作烈是也表本亦誤列注高士傳曰下至光亦投水而死表本茶陵本無此四十七字

條決繽紛案紛當作理表本云善作紛茶陵本云五臣作理案各本所見皆非也善以科條能分決注條決以繽紛能整理注繽理作理不作紛明甚注見韓稍弱下至死不恨表本無此五十字茶陵本此節注自史記以下全無非注范睢蔡澤並辯士也表本茶陵本無此八字注趙人表本茶陵本無此二字注晉太康地記曰下至所以爲不利也表本茶陵本無此五十四字注昭二十九年下至魯人爲奏四代樂表本茶陵本無此十八字有曰延陵季子五字注舞也文王樂也表本茶陵本舞上有以籥二字文上有皆字注南言文王下至七孔表本茶陵本無此四十一字注箾音簫表本茶陵本簫作朔是也案釋文云徐音朔可證注史記屈原者下至他皆放此表本茶陵本無此一百一字注僖二十四年表本茶陵本無此五字有曰字注推曰獻公之子下至爲之田表本茶陵本無此九十四字有遂隱而死四字注以後吾親死表本茶陵本無以後二字

注左傳曰莊十二年下至桓十二年傳云初表本茶陵本無此四十六字有左氏傳曰南宮長萬弑閔公於蒙澤杜預曰宋大夫也又曰二十三字注辛卯表本茶陵本無此二字注公子達曰下至欲爲卿表本茶陵本無此五十七字案此注疑表茶陵有脫但尤增多者決非善舊耳又表本此下有疊音尾三字茶陵本在上疊字之下注左傳曰定十四年下至爲讎敵也表本無此六十六字有蒯聵衛太子也左氏傳曰衛太子登鐵上望見鄭師衆懼自投於車下二十七字茶陵本脫蒯聵衛太子也六字餘同表此所改大誤注不占陳不占也齊人表本茶陵本作陳不占齊人也六字注陳不占表本茶陵本無陳字注占曰表本茶陵本占上有不字注聞鼓戰之聲表本茶陵本鼓戰作鍾鼓注愕直也下至非此所施也表本茶陵本無此十五字注字林曰鄂表本茶陵本林作書注露新夷案露下當有申字各本皆脫注而淫魚出聽表本茶陵本淫作游注淮南子瓠巴下至楚人喚表本茶陵

本無此五十字注喁魚出頭也表本茶陵本出頭二字作口上見三字注淮南子伯牙下至舒翼而舞表本茶陵本無此四十七字于時也表本茶陵本于下有斯字案此無以考也琴賦亦有于時也句或叔夜本此則無斯字者是注而齊右善歌表本右作后是也茶陵本亦誤右注孫卿子曰下至齊人也表本茶陵本無此二十三字注懸鍾格也表本茶陵本無此四字注字林曰睩直視貌表本茶陵本無此七字注直下視貌表本茶陵本無下字注廣雅曰搏下至撫手也表本茶陵本無此十三字注方言曰表本茶陵本無此三字注字林曰睢仰目也表本茶陵本無此七字注字林曰維持也表本茶陵本無此六字注言可以通於神靈下至曉喻志意也表本茶陵本無此二十字注愼乃憲欽哉表本茶陵本無此五字注憲法也表本茶陵本無此三字注當愼汝法度敬其職也表本茶陵本無此九字注禮記

曰食於質者（案此有誤也各本皆同無以訂之）注說文曰濊水多也澡洗手也（袁本茶陵本無此十一字）注世本曰叔舜時人（袁本茶陵本此七字作叔未聞三字案二本最是此鄭明堂位注尤所改大誤也世本決無其語若有之鄭何得云未聞孔穎達撰正義何得不申說善自決無其語矣）注賈逵注傳曰消鑠也（袁本茶陵本無此八字）注爾雅曰骨謂之切犀謂之剒（袁本茶陵本無此十一字）注一作埏（下至）埴土爲也（袁本茶陵本無此四十九字）注玉謂之彫石謂之琢（袁本茶陵本無玉謂之石四字案尤所增大誤）唯笛因其天姿（袁本茶陵本云善無其字案此尤以五臣亂善也）注暴辛垂叔之流（袁本無此六字案此尤添之但無所謂之流未必合於善舊也茶陵本此節注多刪無以相校）注長於古笛（下至）故謂之雙笛（袁本茶陵本無此十五字）注麤者曰槌細者曰枚言（袁本茶陵本無此九字）注聲故謂五音畢（袁本茶陵本無此六字）注言易

京者下至宋翟之比表本茶陵本無此二十字案易京上巳注訖此所增大誤○琴賦○注尸子曰下至故謂之琴表本茶陵本無此四十九字注說文曰歆下至會意字也表本茶陵本無此十二字注而不憫表本茶陵本憫作悶下有也字注淮南子曰下至禮義廢表本茶陵本無此十三字似元不解音聲覽其旨趣表本茶陵本云善作音聲者覽案此少者字或尤本脫耳注桓譚新論曰下至琴德最優表本茶陵本無此十三字注史記曰下至堪爲琴表本茶陵本無此十六字注謂包含下至光明也表本茶陵本無此十五字注又曰下至視物黃也表本茶陵本無此十七字注價者物之數也表本茶陵本無此六字注盤曲紆屈下至山巖也表本茶陵本無此二十八字有盤紆詰屈也崔嵬岑喦高峻之貌也十四字互嶺巉巖表本茶陵本互作元案此無可考也或尤本字譌注崖巘表本茶陵本無此二字注偃蹇高貌表本茶陵本無此四字

注巍巍高大貌袁本茶陵本無此五字注言山能蒸出雲以沾潤萬物袁本茶陵本無此十一字注說文曰津液也袁本茶陵本無此六字注舐至也袁本茶陵本無此七字隈水曲也注安回波靜遠去象袁本茶陵本無此七字注皆美玉名茶陵本無此四字袁本有注說文瑾玉名袁本茶陵本無此五字注翕赩盛貌袁本無此四字茶陵本有注詩傳曰赩赤色貌袁本茶陵本無此七字注蒼頡篇曰袁本茶陵本無此四字注著天地人經下至得符鯉魚中袁本茶陵本無此十七字注造伯陽九山法下至不能解其音旨袁本茶陵本無此十八字注茹芝英以禦飢袁本茶陵本無此六字清露潤其膚袁本茶陵本云露善作霧案此尤改之蓋以五臣亂善注列子曰袁本茶陵本列子作新序案二本最是注行乎郲之野袁本茶陵本無此五字注孔子曰先生下至能自寬也袁本茶陵

本無此八十字注班固漢書曰表本茶陵本書下有贊字注皇甫謐下至在汲表本茶陵本無此十八字注言若鳥之凌飛表本茶陵本無此六字注奉君以周旋陳云君字衍是也各本皆衍注高士傳曰堯下至陽城槐里人也表本茶陵本無此八十三字心慷慨以忘歸案慷慨當作愷慷善引爾雅愷慷樂也慷即康字是其本作愷慷甚明表茶陵二本所載五臣翰注乃云慷慨歎聲也乃誤作慷慨大違嵇賦之意各本以五臣亂善失著校語更誤今特訂正之注張衡應問曰何校問改閒陳同是也各本皆譌注孫竹枝根之末生者也表本末作末是也茶陵本亦誤末陳云枝上脫竹字今案枝當作竹耳各本皆誤注又曰至人下至順物而至表本茶陵本無此二十二字注孟子曰下至見秋毫之末表本茶陵本無此三十一字注按愼子下至督正也表本茶陵本無此十九字般倕騁神茶陵本般作班云五臣作般表本云善作般案尤所見蓋與表同也注廣雅曰厠閒也

表本茶陵本無此六字　注我與君作表本茶陵本無此四字　注廣雅曰揮下至以爲世無賞音表本茶陵本無此七十二字　注自大夏之西崑崙之陰表本茶陵本無此九字　注或曰成連下至見子春受業焉表本茶陵本無此八十二字　注淮南子曰師曠下至清角爲勝表本茶陵本無此一百二十四字　注韡暀盛貌繁縟聲之細也表本茶陵本無此十字　注言聲陵縱下至開張貌表本茶陵本無此十九字　注翕呷翠粲張揖曰翠粲案翠粲皆當作萃蔡順正文而誤改也說詳下　注紛翠粲兮案翠粲當作綷縩順正文而誤改善下文云字雖不同正謂此所引萃蔡綷縩與正文翠粲及下引璀粲各不同也　於是器冷絃調案冷當作泠表茶陵二本云善作泠此以五臣亂善　注如志謂如其志意表本茶陵本無此七字　注達則兼善天下表本茶陵本達作堯案尤未必是也　拊絃安歌表本茶陵本云拊善作持案此尤改之　注爾雅曰

扶搖風也表本茶陵本無此七字　注史記曰瀛洲海中神山也表本茶陵
本無此十字　注莊子下至風仙也表本茶陵本無此十二字　注窈窕淑女表本茶陵
本無此四字　注鄭元曰下至吞也表本茶陵本無此十三字　注會節會也表本茶陵
本無此四字　注半在半罷謂之闌表本茶陵本此七字作闌亦歇也四字　注聲多
也表本茶陵本此三字作疾貌二字　注儸不及也下至徒合切表本茶陵本無此十七字
案二本正文儸下音蘇合讇下音徒合此與增多閒雜無以審眞善音若何也　注廣雅曰下至舉動
也表本茶陵本無此十三字　注言其狀若詭詐而相赴也表本茶陵本無此十字
注蒼頡篇曰隨後曰驅表本茶陵本無此八字　注韓詩曰下至猶躑躅
也表本茶陵本無此十七字　注言扶踈四布也表本茶陵本無此六字　注攢𠈇聚
聲表本茶陵本無此四字　注毛萇傳曰下至聲長貌表本茶陵本無此十三字　注蒼

頡篇曰下至詠之聲表本茶陵本無此十九字又表有似鴈之音已見上文八字在注末茶陵複出非尤本倒在上益非注爾雅曰摟牽也表本茶陵本無此六字注說文曰攄下至捋取也表本茶陵本無此二十六字注說文曰繚纏也表本茶陵本無此六字注潚洌水波浪貌言聲似也表本茶陵本無此十字明嫿瞭慧表本茶作惠案此似陵本慧尤改之也注古本葩字下至所以不惑表本茶陵本無此五十七字注令善也表本茶陵本無此三字注纂要曰下至謂之九春表本茶陵本無此十八字注醇厚也表本茶陵本無此三字注又對曰下至巴人表本無此十四上文六字是也字有巴人已見茶陵本複出非注崔豹古今注曰下至後人回以爲樂章也表本茶陵本無此七十九字非夫放達者表本茶陵本無夫字下非夫至精者同案此似尤添之也注說苑曰應侯下至能無怨乎表本茶陵本無此五十九字注字林曰慘

下至愴傷也表本茶陵本無此二十三字注喜懼抃舞案懼當作躍各本皆譌注服
虔表本茶陵本無此二字注與女子表本茶陵本子下有期於梁下女子六字注高誘注
淮南子曰下至而水溺死表本茶陵本無此二十四字注奮長子建下至官
至二千石表本茶陵本無此二十字注人臣尊寵表本茶陵本無此四字注迺舉
集其門凡號奮爲萬石君表本茶陵本無舉字奮字注建郎中令下至遲
鈍也表本茶陵本無此八十三字注孔安國曰屏除也表本茶陵本無此七字注
說文曰謳齊歌也表本茶陵本無此七字注其形下至而色青表本茶陵本無
此十一字注國語曰下至鳴於岐山表本茶陵本無此十三字注列女傳曰下至
於漢皐之曲表本茶陵本無此三十八字注韓詩曰下至和靜貌表本茶陵本無
此十四字注賈逵曰唯獨也表本茶陵本無此六字○笙賦○注周禮下至

十三簀表本茶陵本無此十四字注白虎通曰下至衆物之生也表本茶陵本無此十五字注杜預曰汶水下至小竹表本茶陵本無此十七字注以飾五材案飾當作飭各本皆譌注亦作撤謂指撤也表本茶陵本無此七字注統物也茶陵本物作揔是也表本亦誤物注黃鍾律呂之長故言基也表本茶陵本無此十字注尚書曰鳳皇來儀表本茶陵本無此七字注司馬彪曰企望也表本茶陵本無此七字注字林翾翾初起也表本茶陵本無此七字注漢書音義曰歧歧將行貌表本茶陵本無此十字注郭璞爾雅注曰咮鳥口也表本茶陵本此十字作咮亦喙也四字注駢田聚也表本茶陵本無此四字注重疊貌表本茶陵本重疊二字作衆注見孟嘗君下至亦能令人悲乎對表本茶陵本無此十九字注於是雍門下至流涕表本茶陵本無此十二字注韓詩外傳曰下至

不舉樂焉表本茶陵本無此五十二字注氣氣悟也表本茶陵本不重氣字注謂先温煖下至調理其氣也表本茶陵本無此十三字注埤蒼曰佛鬱表本茶陵本埤蒼作字林終嵬峩以蹇愕案愕當作諤注同表本云善作諤茶陵本云五臣作愕此以五臣亂善非注又云孟浪下至而復放表本茶陵本無此十九字注埤蒼劉宿留也表本茶陵本無此六字注⿸厂也韡熠表本茶陵本熠上有煜字注廣雅曰煜下至盛光也表本茶陵本無此十五字案此蓋音與增多閒雜者或竦勇剽急表本茶陵本云剽善作彯案此尤改之亦以五臣亂善也注呂氏春秋曰伶倫制十二筩表本茶陵本無此十一字注虛滿謂隨氣虛滿也表本茶陵本無此八字注僇亮下至猶豫也表本茶陵本無此二十一字案此蓋音與增多閒雜者注古咄唶歌曰何校唶改唶陳同是也各本皆譌宛其落矣茶陵本云五臣作落表本云善作死案此尤改也夫其悽戾辛酸表本

茶陵本戾作唳案此尤改注聲大貌表本茶陵本無此三字注聲長貌下至下深也
表本茶陵本此十字作聲大且長貌五字注漢書音義下至曰酣表本茶陵本無此十三字注
鄭元曰闋終也表本茶陵本無此六字注紘謂琴瑟也表本茶陵本無此五字
注廣雅曰長琴下至六七孔也表本茶陵本無此一百十八字披黃包以授
甘表本茶陵本包作苞注同案此尤改注說文曰縹下至大禺切表本茶陵本此十七字作
縹綠色也瓷瓶也七字注齊公之情案情當作淸各本皆譌注吳錄下至以爲酒
有名表本茶陵本無此十四字注蓬勃泰出貌表本茶陵本泰作氣注鄭元下至不
過羽表本茶陵本無此十四字注舜樂曰大韶表本茶陵本大作簫注限一齊楚
表本茶陵本限作混注昭公二十九年表本茶陵本無此六字注魯人爲奏四
代樂表本茶陵本無此七字注凡人邇近者下至不攜離之音表本茶陵本無

此三十八字　注言衆若林能揔之表本茶陵本無此七字　○嘯賦○注籀文下至其嘯也歌表本茶陵本無此十四字　注從我者其由歟表本茶陵本無此六字　注史記曰不從流俗王之阸僻表本茶陵本無此十一字　注遺身謂其身事表本茶陵本無此六字　注廣雅曰下至邪也表本茶陵本無此十字　注淮南子濛汜日所入處表本茶陵本無此九字　注蔦啓強茶陵本蔦作薳強作疆是也表本誤與此同　注言聲在喉中而轉故曰潛也表本茶陵本無此十一字　注字林曰熛飛火也表本茶陵本無此七字　注黃宮謂黃鍾宮聲表本茶陵本無此七字　注說苑曰湯時下至於是化形隱景而去表本茶陵本無此一百八十六字　注言悲傷能挫於人表本茶陵本無此七字　冽飄眇而淸昶表本茶陵本飄眇作繚眺注同案晉書作繚眺尤改恐誤　注爾雅曰下至寒貌表本茶陵本無此十

二字注字林曰鳴下至音訓同表本茶陵本無此一百四十字注通古之風氣

下至又曰表本茶陵本無此二十二字蕩埃藹之溷濁表本茶陵本蕩作流藹作靄案晉書作蕩字靄字未審善果何作注姑洗下至考神納賓表本茶陵本無此十二字注說文

曰溷亂也表本茶陵本無此六字注樂用之則正人表本茶陵本無之字案樂記注無之字人下有理字各本皆脫注景山大山也表本茶陵本無此五字注字書曰悱

心誦也表本茶陵本無此七字訇磕㗰嘈表本茶陵本㗰善作嚮案嚮不可通二本所見非也晉書亦是㗰注字林曰磕大聲也表本茶陵本字林曰磕四字作皆音均不恒

曲無定制表本茶陵本云善無恒字有二曲字案二本所見不可通非也晉書亦有恒不重曲注清

疾貌表本茶陵本無清字注孟子曰下至化齊衛之國表本此三十字作緜駒王豹已見上文四字最是茶陵本複出與此異亦非注晏子春秋虞公下至長夜暝暝何

時日注韓必斂表本茶陵本無此二百四十一字案凡若此者複雜已甚增多之非固不難辨耳

手注孔安國曰下至此表本茶陵本斂作檢案今春申君傳作斂蓋善所據作檢也檢斂古字通

齊也注孔安國曰下至而致鳳皇也表本茶陵本無此四十六字

注晉書阮籍下至乃登之嘯也表本茶陵本無此七十九字此二十七字

文選考異卷第三

文選考異卷第四

賜進士出身通奉大夫江南蘇松常鎮太等處承宣布政使司布政使胡克家撰

卷十九○情○注事於最末袁本茶陵本事於作於是何校改於事○高唐賦○注漢書注曰下至風諫婬惑也袁本茶陵本無此二十三字注史記曰下至爲頃襄王袁本茶陵本無此十五字注鄭元曰寢臥息也袁本茶陵本無此七字爲高唐之客注自言爲高唐之客袁本無此正文五字注七字茶陵本有案此蓋善有五臣無而失著校語者注欲親進於枕席袁本茶陵本無進字案親當作進尤校改親爲進因誤兩存耳注如矓瞷也袁本茶陵本無此四字陳云矓瞷二字疑今案無四字是也字書不見矓瞷考五臣云如松裁也或誤入但亦非矓瞷袁茶陵二本爲不誤注韓詩曰何校詩下添章句二字陳同今案此所脫無以訂之注偈桀侹也袁本此下有居竭切三字案是也尤改入注末作偈

居竭切非茶陵本刪去益非讀者因是皆
誤連下文疾驅貌於此句而不可通矣　注生此土　表本生下
有乎字是也茶陵本無
又其下此注不完皆非　注安流平滿貌　表本茶陵本
無安流二字　注爾
雅曰如畝畝丘郭璞曰丘有隴界如田畝　表本茶陵本作
郭璞爾雅注曰
有隴界如
畝十一字　注廣雅曰隘陿也　表本茶陵本
無此六字　注謂水口急陿
下
至復會於上流之中止　表本茶陵本
無此二十字　若浮海而望碣石　案
碣
當斷句會碣礚厲及以下皆相協無容失其一韻石字當
屬下句首石礫磥磥二句言小石也巨石溺溺二句言大
石也其善注則云碣石者以碣石解正文之碣非其讀正
文於石爲句必五臣不察乃誤分節如此後善爲所亂而
各本不著校語也又五臣誤改下文磥磥作
碨礫由不知磥磥與溺溺相對爲文亦可證　注孔安國注
尚書曰碣石海畔山也　表本作碣石山名也已見上
注是也茶陵本全複出皆非　注埤
蒼曰瀺灂水流聲貌　表本茶陵本
無此九字　注字林曰竄逃也七外

切非關協韻一音七玩切 表本茶陵本無此十八字案表茶陵似非也此卷善音二本多所刪去耳 注交相也 案交相當作相交各本皆倒 注毛詩曰 下至 下句曰糾 表本茶陵本無此十八字 注柔弱下垂貌 表本茶陵本無下垂二字 注漢書大人賦猗犯以招搖 表本茶陵本無此十字 丹莖白帶 何校云丹一作朱陳同案表本茶陵本丹作朱也 注情哉萬事 表本茶陵本無此四字案此二本脫 注裖巳見上林賦 茶陵本作振字當作裖字表本作振當作裖字皆校語錯入注又誤改善作當以尤所見爲是 注李竒曰 表本茶陵本無此三字 注方言曰磑堅也 表本茶陵本無此六字 注埤蒼曰崎嶇不安也 表本茶陵本無此八字 注說文曰俗 案俗當作裕此所引谷部文各本皆譌下文千芊古字通芊亦裕字之誤 注望山谷芊芊青也 表本茶陵本芊芊作千千案今本說文作裕裕 注深直貌 案直當作冥各本皆譌此在釋訓 注傾岸之勢 下至 如熊之在樹 表本

茶陵本無此十七字　注楚辭曰怊悵而自悲王逸曰悵恨貌　表本茶陵本作王逸楚辭注曰怊悵恨貌十字　注說文曰纚　下至　若出於神　表本茶陵本無此四十六字有言不可測知五字案此尤添四十六字於言不可測知上而傳寫者因遺落其元有之五字也但所添不當凡尤意專主增多每類此陳但謂若出於神四字衍未是　注見本草　下至　漢書音義曰　表本無此二十五字有射干江東爲烏蓮七字茶陵本作射干烏蓮草也六字案蓮當作萐廣雅烏萐射干也曹憲音所夾今本亦作蓮其誤正同此　注爾雅曰王雎　下至　一曰鶬鶊　表本無此四十七字有王鴡鸝黃巳見上七字最是茶陵本所複出不同皆非　注昔有婦登北山　表本茶陵本婦上有思字陳云北當作此各本皆譌　注漢書郊祀志曰　下至　充尚羨門高二人　表本茶陵本無此三十二字案二本最是此或駁善注羨門高誓之解而記於旁尤延之誤取之也　注人在山上作巢　表本茶陵本人下有共字又案此解正文公樂當云人共在山上作樂各本樂譌爲巢也　注以玉飾

宮也表本茶陵本以上有琁宮二字案無者非也又二宮字皆室之誤注字林曰表本茶陵本無此三字注漢書音義李奇曰下至橫銜之表本無此四十七字有羽獵已見上銜枚見吳都賦十一字最是茶陵本所複出不同皆非注爾雅曰苹下至亦可食表本茶陵本無此十八字注以羽飾蓋表本茶陵本無此四字九藪通鬱精神察滯表本云善有滯字茶陵本云五臣無滯字案各本所見皆非也詳注意善並無滯字察字韻上逮下歲自協以七字爲一句但傳寫者誤因注中鬱滯不通也妄添於下表茶陵據之作校語尤延之亦不審而讀者皆誤認爲善有五臣無矣注氣者五藏之使候表本茶陵本無此七字○神女賦○其夜王寢陳云王寢白玉諸字當如沈存中姚令威之說案何校亦云然謂玉王互譌也說載筆談及西溪叢語今考互譌始於五臣見下果夢與神女遇表本茶陵本無果字是也案尤本所見又五臣以後之誤者王曰表本茶陵本王下有對字是也案此玉對曰五臣玉作王仍存對字尤本所見又五臣以後之誤者注紛

擾喜也表本茶陵本無此四字王曰表本茶陵本王作玉案此二本失著校語注髣髴見

不審也表本茶陵本無此六字玉曰表本茶陵本玉作王玉云善作玉案二本與尤正同然則善五臣王玉互換此其明驗也自王寢以下及後王覽其狀皆當如此二本校語不備尤本亦多以五臣亂善賴存此一處可以推知致譌之由焉沈存中姚令威疏通而證明之讀者亦可以無疑矣注勝盡也贊明也表本茶陵本無此六字注又曰尚之以瓊瑩乎而注瓊瑩石似玉也

音縈表本茶陵本無此十八字注毛萇詩傳曰表本茶陵本無此五字注說文曰

侻案侻當作娧各本皆譌此女部文也注與娧同案娧當作侻各本皆譌注髣宜侍王

髣案首不當有髣字蓋此注在宜侍髣句下後并上爲一節而標此字爲識各本因皆衍近之既妖案妖當作姣上文姣麗五臣作妖善作姣表茶陵二本有校語此以五臣亂善各本皆非善注言近看既美是作姣之證注方言曰姝好也表本茶陵本無此六字注字林曰瞭明也表本茶陵

本無此六字　注聯娟微曲貌　表本茶陵本無此五字其所載五臣濟注有之案二本是也此尤所見誤衍　注竫好貌　表本茶陵本作閑體行也案二本是也此女部文今本閑體行姽姽也而善節引之衍　注廣雅曰嫿好也　表本茶陵本作嫿靜好也四字案二本是也此亦女部文非引廣雅尤所見誤衍　注音畫說文靜審也韓詩靜貞也　表本茶陵本無此十二字案或仍當有音畫二字以下皆誤衍耳　注聲類曰　表本茶陵本無此三字　注和靜貌下至嫕密也　表本茶陵本無此二十二字　注字林曰旋回也　表本茶陵本無此六字　注結猶未相著　表本茶陵本結上有未字是也　注方言曰頩怒色清貌切韻匹迥切　表本茶陵本無此十三字

○登徒子好色賦○注此賦假以爲辭諷於婬也　表本茶陵本無此十字　注廣雅曰嘕嘕款款喜也　表本茶陵本無此九字　注一云食邑章華因以爲號　表本茶陵本無此十字　唯唯　案此下各本皆提行

非也考此賦本無所謂序今題下有幷序二字而於此提行謂以上是序以下是賦善必不應如是大誤未詳其何時始爾也注廣雅曰從容舉動也袁本茶陵本無此八字注此郊即鄭衞之郊袁本茶陵本無此七字注靜女其姝又曰袁本茶陵本無此六字注大路詩篇名也下至與俱歸也袁本茶陵本無此二十八字注司馬彪注漢書子虛賦曰復荅也顏師古注復音伏袁本茶陵本無此二十字有復報也三字案二本是也凡此等尤所添皆非是○洛神賦○注記曰下至改爲洛神賦此二百七字袁本茶陵本無案二本是也此因世傳小說有感甄記或以載於簡中而尤延之誤取之耳何嘗駮此說之妄今據袁茶陵本考之蓋實非善注又案後注中此言微感甄后之情當亦有誤字也注黃初文帝丕年號下至濟度也袁本茶陵本無此二十七字注一云魏志三年不言植朝蓋魏志略也袁本茶陵本無此十五字案此亦尤延之誤取或駮善注之記於旁者注

已見東都賦陳云都當作京是也袁茶陵二本複出皆非案複出不合善例凡袁亦誤者不悉出注山上神芝袁本茶陵本神上有有字是也容與乎陽林袁本茶陵本陽作楊云五臣作陽案二本是也尤所見以五臣亂善注陽林一作楊林袁本茶陵本無陽林一作四字案二本是也此尤所見蓋有陽林善作楊林乃校語錯入注因改善作一以就之耳胥如約素袁本茶陵本云約善作東案二本校語是也注云東素約素以約解束五臣因改正文作約尤所見以之亂善非也奇服曠世袁本茶陵本云世善作代案此以五臣亂善注沃人之國下至名玉也又曰袁本茶陵本無此十八字注投我以木瓜袁本茶陵本無此五字注報之以瓊瑶何校瑤改琚是也各本皆譌注綃輕縠也案此當作綃巳見吳都賦袁茶陵二本所複出者其證也注爾雅曰下至厓上地也袁本茶陵本無此十四字注漢書音義應劭曰下至瀨湍也袁本茶陵本無此十九字注神仙傳曰切仙一出下至女亦不見袁本茶陵

本此注作韓詩内傳曰鄭交甫遵彼漢皐臺下遇二女與言曰願請子之珮二女與交甫交甫受而懷之超然而去
十步循探之即亡矣迴顧二女亦即亡矣案皆非也依善例求之當云交甫已見江賦表茶陵其所複出也注
說文曰下至靜貞也表本茶陵本無此十二字注二妃巳見上文毛詩曰
下至無求思者案二妃下當有游女並三字依善例求之如此謂二妃注在思元賦游女注在琴賦表本
茶陵本所複出皆非然即其證也毛詩曰以下二十字尤本誤衍表茶陵無注各處河鼓之旁
表本茶陵本無鼓字是也注聖足行於水表本茶陵本足作人是也令我忘飡表本茶陵
本飡作餐案疑善飡五臣餐而失著校語也飡餐古亦同字俗譌爲飡他皆放此又案注使不飱飱當爲飡注
曹植詰洛文曰案洛當作咎各本皆譌文今載集中表本茶陵本詰譌結陳云當作褉大非王伯厚
嘗言曹子建詰咎文假天帝之命以詰風伯雨師名篇之意顯然矣注王母乘紫雲車來表本
茶陵本來上有而字是也注爾雅曰下至山脊曰岡表本茶陵本無此十九字注淚下

貌 表本茶陵本無此三字 顧望懷愁 案表本茶陵本此下校語云善作怨其所見非也此韻脚非有異同尤本未誤 注說文曰騑 下至 盤桓不進也 表本茶陵本無此二十七字 ○補亡詩○注王隱晉書曰 下至 賈謐請爲著作郎 此四十九字表本茶陵本無所載五臣翰注亦引王隱晉書而文大異蓋并善於五臣之誤以尤所見爲是 注聲類曰 表本茶陵本無此三字 注采蘭以自芬香也 下至 喻人求珍異以歸 表本茶陵本此二十八字作言蘭芬芳以之故己循陔以采之喻己當自身盡心以養也二十三字 注言在家之子 表本茶陵本無此五字 注無有縱樂須供養此相戒之辭也 表本茶陵本縱樂作游盤無須供養此四字 注馨芬香也 下至 致其朝晚供養之方 表本茶陵本此十六字作言相戒盡心以養也八字 彼居之子色思其柔 陳云二句當在心不遑留下如首章例案所校是也各本皆誤倒 注孟春之月 下至 先以祭又曰 表本茶陵本無此十九字 注

此喻孝子循陔如求珍異歸養其親也 袁本茶陵本無此十五字 注廣雅曰嗌下至今呼魴魚爲鯿 袁本茶陵本無此二十一字 注毛詩曰 案毛字誤各本皆同無以訂之 注豕畜之 袁本茶陵本畜作亥是也 注鄂不韡韡 袁本茶陵本鄂作萼下同案二本非也此善注當有鄂與萼同如下注跗與趺同之例因順正文改字而刪去之也尤依毛詩校正但未補所脱 注此喻兄弟比於華萼 案兄弟比於四字不當有因上引常棣而誤添也各本皆衍 注爾雅曰謂之剒 袁本茶陵本無此六字 輯輯和風 案輯輯當作揖揖袁本茶陵本校語云善作揖揖可證此必尤延之所改二本注云揖與習同尤亦改揖爲輯甚非 注雲色不明貌 袁本茶陵本雲色不明四字作黒字 注輯輯風聲和也 袁本茶陵本無此六字 注鄭元曰九穀 袁本茶陵本無此五字 注蒼頡篇曰稠衆也 袁本茶陵本無此七字 注郭璞曰道光照也 袁本茶陵本無此七字 獸在于草 案于當作在袁本茶陵本

校語云善作在在可證尤所見誤以五臣亂善何云當作在陳同蓋據二本校注淮南子曰四時者春生夏長秋收冬藏八風已見上表本作四時八風並已見上是也茶陵本脫注曰風曰時案當作曰寒曰風章懷太子注後漢書李雲傳所引史記如此蓋尚書亦然也今以東晉古文添曰時二字而誤去曰寒二字各本皆謁何校添曰寒陳同皆仍衍曰時未是注崇丘高丘也言萬物生長於高丘表本茶陵本無首六字末有者字注周禮曰山林下至根生之屬表本無此十五字茶陵本此節無善注注猶猷古字通表本茶陵本無此五字案此或所見不同若有之當如何校改上引詩王猷作猶乃相應注易曰下至則歸長也表本茶陵本無此十七字

○述祖德詩○

注春秋僖公二十六年下至使受命於展禽表本茶陵本無此一百十一字案二本是也此實非善注注西晉也表本作已見西征賦是也茶陵本複出亦可證注東晉也表本作已見魏都賦是也茶陵本複出亦可證注左

氏傳曰以敝邑下至介閒也表本茶陵本無此十九字注今也蹙國百里表本茶陵本也下有日字案陳云脫注孔安國尚書傳曰龕勝也表本茶陵本無此十字注曹大家上疏謂兄曰表本茶陵本謂作諸陳云諸當作請注張勃吳錄曰下至周行五百餘里表本無此十九字有五湖已見江賦六字是也茶陵本複出與此皆非注蓺樹也表本茶陵本無此三字○諷諫○注應劭曰黼衣下至旗上畫龍爲之表本無此二十五字有黼衣已見上五字茶陵本有杜預曰白與黑謂之黼九字注言受形弓之賜於此得專征伐表本茶陵本無此十二字案無者是也此或以漢書顏注記於旁尤延之誤取之陳云言上當有顏師古曰四字不知其非善引也以下凡顏師古曰各條皆不當有表茶陵二本俱無者最是今不悉出其所有誤中之誤亦不更論注迭互也表本茶陵本此三字在注末案尤誤依顏注移注劉兆曰旁言曰譜表本茶陵本無此七字注顏師古曰表本茶陵

本無此四字案尤延之添耳注尚書曰以蕃王室表本茶陵本無此七字注墜失也眞魏切表本茶陵本無此六字案此即顏注而竄入善者注應劭曰小兒啼聲唉唉表本茶陵本無此弁下顏注共十六字注顏師古曰懷思也來也表本茶陵本無此九字有善曰二字案二本是也以下皆善注而此爲顏注竄入者注弟謂元王也元王封於楚國表本茶陵本無此十一字注元王立二十七年而薨垂遺業於後嗣表本茶陵本無此十五字有即位且三十年六字案二本最是此亦顏注竄入克奉厥緒表本云緒善作次茶陵本云五臣作緒案此所見不同漢書作緒或當是也注夷王名郢客元王子表本茶陵本無此八字注戊乃嗣故言不永統祀表本茶陵本無此九字案上七字顏注竄入犬馬悠悠陳云據注當作繇繇今案其說誤也顏注竄入非善所引善注悠悠然遠也在下可證其與顏不同也尤延之所誤取複沓岐互不相比次讀者多不審注以致困匱表本茶陵

本作以困乏三字案二本是也以致困匱乃尤依顏注改耳

嗟嗟我王 表本茶陵本不提行是也

注我王戊也 表本茶陵本無此四字

殆其茲怙 表本云善作茲怙茶陵本云五臣作怙茲案各本所見皆非也此但傳寫誤倒非善獨作茲怙何云當從漢書作怙茲於韻乃協陳同

注不自勗慎 表本茶陵本無此四字案二本是也此亦顏注竄入

注言王不思鑒鏡之義 表本茶陵本思下有之不二字無義字案二本是也尤誤依顏注改

注又鄧展曰岋下至危也 表本茶陵本無此二十三字又上顏注十二字亦無說具於前

於赫君子 案赫當作昔此善作昔五臣作赫故善注云勲美昔之君子表本茶陵本所載五臣翰注云於赫美也各本皆以五臣亂善所當訂正考漢書作昔五臣誤耳唯此節下顏注仍爲誤取竄入不相比次說具於前

○勵志○注廣雅曰勵下至自勸勤 學 表本茶陵本無此十四字

注毛詩傳曰熠燿燐也 表本無此八字有熠燿巳見秋興賦七字是也茶陵本所複出與此皆誤

注一寒一暑一往一復 表本茶陵本無此八字有來者

二字是也何校添來者於復字下陳同仍衍八字　注論語曰下至不舍晝夜表本無此十七字有逝者已見秋興賦七字是也茶陵本所複出與此皆非　注人鮮克舉茶陵本下有之字表本無陳云引詩脫之字是也　注又匪先民是經先民周公孔子也表本茶陵本無此十三字　田般於游表本茶陵本田作出何校依之改陳同案此尤本譌耳　注淮南子曰楚恭王下至而精通於物表本無此五十八字有養由已見幽通賦七字是也茶陵本所複出與此皆非　注荀卿子曰案荀當作孫各本皆譌　注種善德茶陵本種作積善下有成字是也表本誤與此同　勉爾含宏表本茶陵本爾作志案此亦尤本譌也　注成人在始興善敬之哉茶陵本興作與無敬之哉三字是也表本無興善敬之哉五字非　注顏淵問仁表本茶陵本無此四字　注克己復禮爲仁表本茶陵本無此六字　注孔安國曰復下至況於終身表本茶陵本無此二十七字　注老子曰埏埴以爲器表本

茶陵本無此八字 注易曰君子進德脩業欲及時也 表本無此十二字有進德脩業已見閑居賦九字是也茶陵本所複出與此皆非 注暉吉 茶陵本暉上有其字是也表本亦脱 注隰朋可 表本茶陵本隰上有則字是也

卷二十○上責躬應詔詩表○注市専 表本茶陵本作市専切在注末是也 注毛詩謂何顏而不速死也 表本茶陵本謂作曰案考毛詩傳箋皆無此文蓋毛字傳寫有誤此所引或在三家詩傳耳五臣向注乃云詩無此句而以表言詩爲誤果爾豈子建誤稱善又從而誤注耶五臣鹵莽每類此 ○責躬詩、注庭燎有煇 表本煇作煇案正文作煇煇煇同字表本是也茶陵本亦作煇蓋皆依今詩字改也 注魏志曰黃初二年 陳云志當作書此王沈魏書見國志注案所校是也各本皆譌 注儀禮曰 案禮下當有注字各本皆脱 注舛而不殊 何校舛改舍殊改誅陳云國志作捨而不誅細尋恐如李注所引爲得謂植雖有過不忍遽絶耳又骨肉之親析而不殊漢宣帝封海昏侯詔中語也今案陳校是也考求通親親表云骨肉之恩爽而不離李彼注引漢書粲而不殊如淳曰粲或爲散此外與爽粲散析互異而義皆同漢書宣紀作粲粲武五子傳作析當各依其舊今國志蓋誤而何據之非矣又荀悅漢紀宣帝詔作捨而不誅亦後人所改 注魏志曰朱紱光大 表本茶陵本無此七字案二本是也考國志下文光光大使我榮我華作朱紱光大使我榮華然則朱紱光大乃光光大使句之異不應以注此明甚矣必或記於旁而尤延之誤取耳又案善下文注引光光常伯是選本無誤今國志自不與善同何陳皆用國志校者亦非當各依本書餘所有異同準此 注毛詩傳曰不慮不圖 陳云傳當作箋案雨無正弗慮弗圖箋云而不慮不圖此引之以注不圖也 ○應詔詩○祁祁士女 表本茶陵本有校語云善作女士案二本所見傳寫倒也此女字協韻非與五臣有不同尤本不倒蓋改正之矣 注糇糧食也 陳云糧字衍此引小雅伐木三章傳文是也各本皆衍 注風縱縱而扶轄 表本縱縱作從從案當作從從說巳見前茶陵本作縱縱與此皆誤 注情慨而長懷 表本茶陵本重

慨字是也○關中詩○注都督雍梁晉諸軍事陳云晉當作秦是也各本皆譌

注毛詩曰皇甫卿士表本茶陵本無此七字　注古旦表本茶陵本作旰古旦切在注

末是也　注成規之畫陳云之字疑今案國志注所引作外規廟勝之畫或此傳寫譌脫也　注虛

皛謬彰其義一耳但交相避表本茶陵本無此十二字案此當是二本脫交當作文傳

寫譌耳　注林欲以爲功下至復詣林表本茶陵本無此十九字案此當是二本傳寫脫范

蔚宗書在西羌傳文句小異　注論語子曰何校子下添路字陳同各本皆脫　注尚書曰

申命羲叔下至以修封疆表本茶陵本無此三十一字案此當是二本脫去一節注也　注

惴惴或煦噓表本茶陵本噓下有也字案此當云熙或作呴煦噓也各本皆誤五臣銑注云熙猶呴也

即襲善此注爲之可借爲證○公讌詩○注謂五官中郎也案謂當作爲也當作

將各本皆譌○公讌詩○注升跂表本茶陵本作翅升跂切在注中不翅猶過多也下是也

注論語摘襄聖承進讖曰袁本茶陵本襄作衰是也○公讌詩○注少有學下至減死輸作袁本茶陵本無此四十二字有爲司空軍謀祭酒掾屬轉爲平原侯庶子後爲五官將有文學二十四字案二本是也注古詩曰日出東南行案此當作古日出東南隅行日各本皆誤○侍五官中郎將建章臺集詩○注後爲五官將文學卒袁本茶陵本官下有中郎二字是也○皇太子宴元圃宣猷堂有令賦詩○注又程猗說石圖曰袁本茶陵本又下有曰字是也注唯此與宅陳云唯此二字當乙各本皆倒注言曰澄清也袁本茶陵本但有澄字無上言日下清也四字陳云言日當據左太沖詩注作方言曰案此或尤延之校添而又脫誤耳注摶拊琴瑟袁本茶陵本無此四字案此亦尤延之校添注儀禮曰小臣正辭袁本作小臣已見上文是也茶陵本亦複出皆非○大將軍讌會被命作詩○陵風協紀案紀當作極袁本云善作紀茶

陵本云五臣作極詳善引孝經鉤命決注協極是善亦作極不作紀各本所見皆非　注國語曰次序三辰賈逵曰日月星也　表本茶陵本無此十四字　注合壽考也　陳云合當作令是也各本皆譌

○晉武帝華林園集詩

○注文章志曰應貞　表本茶陵本貞作禎下同案今晉書文苑傳作貞又上所引晉陽秋各本皆作貞蓋諸文互異善各從其本尤延之據晉書校改而一之耳　注奄有九州　陳云州當作有各本皆誤　注在人也　表本茶陵本在人二字作是案此尤延之校改　射御茲器　茶陵本云射五臣作躬表本云善作射何校云五臣作躬是也今案注無明文二本校語非可全據善果何作莫可考晉書亦作射仍不當竟改何校未是也　注不懈于位　表本茶陵本不作匪案此亦尤延之校改

○九日從宋公戲馬臺集送孔令詩

○注宋書七志曰　表本宋作今茶陵本亦作宋陳云注引令書七志處甚多又證以王文憲集序宋字之誤無疑案所說是也　注東郡人也　表本茶陵本東作陳是也　注冠于時　表本茶陵本時

上有一字是也注命有司表本茶陵本命上有乃字案有司當作司服注必脩其故表本茶陵本脩作循是也注又何爲乎表本茶陵本此四字作何在二字案凡此類皆尤延之改注日出暘谷表本暘作陽下同茶陵本亦皆作暘案當作湯各本皆譌湯谷如蜀都吳都西征等賦皆有其證不具出○樂游應詔詩○注沈約宋書曰下至爲高祖相國掾茶陵本善曰下無此二十二字有與彭城王義康六字其五臣銑曰下有之表本但載銑注末云善注同案此并五臣於善而各本皆失善之舊無可訂正也注草木交曰薄處陳云處字當在交字下案處衍字耳各本皆譌今楚辭注交下有錯字善引不備登廬山香爐峯詩注亦如此○九日從宋公戲馬臺集送孔令詩○注毛萇曰痱病也今本作腓字非案痱腓二字當互易詳文義謝詩作痱痱善引韓及毛皆作腓腓而訂之曰今本作痱痱字非也考鮑明遠苦熱行渡瀘寧具腓注引毛詩百卉具腓毛萇曰腓病也則此不得爲痱痱病也明甚蓋五臣因之改正文爲腓後以亂善遂復倒此二字使相就不

知其不可通也歸客遂海嵎案嵎當作隅表茶陵二本校語云善從山詳善引尚書注海隅是善亦作隅各本所見皆非注大川之閒何校閒改上陳同各本皆譌○應詔讌曲水作詩○注武帝引流何校武改文陳同各本皆譌注故象者表本茶陵本象下有者形二字案此當作故象而形者二本誤而作者尤因其不可通輒刪二字非今本王弼注老子不誤輦賮踰障表本茶陵本障作嶂是也注如耒耜之爲用也表本茶陵本無此七字注字書曰祕者陳云祕者下脫審也蘭祕四字今案當在祕下者上各本皆誤昔在文昭陳云昭五臣作韶據善注亦當作韶今案茶陵本云五臣作韶與尤所見皆非也表本作韶不著校語或所見善亦作韶爲不誤耳注言其成也何校成改盛陳同各本皆譌注謂諸王者蕃也何校者改睿陳同各本皆譌注故以前之文何校文改交陳同各本皆譌注錫表本茶陵本作析音錫在注末是也注拂去也陳云此拂字當作弗引毛生民首章傳也下句拂亦作弗者言顏詩亦有別本作弗耳案所棫

是也各本皆譌○皇太子釋奠會作○達義茲昏何校云據注茲當作滋陳同案所校是也善作滋故引新論注滋昏五臣作茲故濟注云亦猶是焉各本所見皆以五臣亂善而表茶陵不著校語古茲字雖與滋同義然非此之用注九永表本茶陵本作九永永切在注中憬遠行貌下是也注巳殞表本茶陵本作上殞切在注末是也注王逸妍敖蚩曰表本茶陵本無敖字案無者是也後五君詠注所引亦無敖字可證注爾雅曰遏遠也表本茶陵本無此六字注虞夏商表本茶陵本商下有周字是也○侍宴樂遊苑送張徐州應詔詩○注杏表本茶陵本作苻音杏在注末是也○應詔宴樂遊苑餞呂僧珍詩○注言重故也表本茶陵本無故字是也注幘道曰簪案道當作連謂連幘於髮也釋名有其證各本皆譌○送應氏詩○注謂罪苦也案苦也當作咎之各本皆譌此引表記注○征西宮屬送於涉陽候作詩○注倉憒切表本茶陵本倉上有咄丁忽切啐五

字無正文咄下丁忽二字是也案今善音割裂失理皆此類　憂喜相紛繞茶陵本云五臣作擾袁本云善作繞案各本所見皆非也善注引神女賦紛紛擾擾是亦作擾不作繞但傳寫譌耳　○金谷集作詩○注蔡邕陳琳碑曰何校琳改球陳同各本皆譌　注沙棠櫟儲袁本儲作櫧是也茶陵本亦誤儲　注岳於省内謂秀曰孫令袁本茶陵本作岳省内見之因喚孫令是也案此亦尤誤改　○王撫軍庾西陽集別袁本茶陵本此下有作字是也　時爲豫章太守庾被徵還東袁本茶陵本無此十一字是也案此必或記於旁而尤延之誤取之　方舟新舊知袁本茶陵本新作析是也　注因袁本茶陵本作音因二字在注中城曲重門也下是也　○鄰里相送方山詩○注力暫袁本茶陵本作力暫切二字在注中維船索也下是也　注少思寡欲案思當作私各本皆譌　注郭璞山海經曰案經下當有注字各本皆脫　○新亭渚別范零陵詩○注十洲記曰陳云案東方朔十洲

記皆記仙山異境非其他地志之比安得載丹陽古蹟況觀新新亭吳舊亭語乃三國以後人所記書名之誤更易辨也今案其說是也洲當作州善屢引之必當日別有其書也不知者改之耳各本皆誤餘詳每條下注謝朓何校朓改眺陳云注朓並當作眺各本皆譌以下放此不悉出注垂稱於平陽魏郡蒙惠化何校平陽改陽平蒙上添百姓二字陳同各本皆誤○別范安成詩○注心灼爍其如陽案陽當作湯各本皆譌

卷二十一○三良詩○注嚴父潛長夜表本茶陵本潛作憯是也○詠史○注賈誼作過秦論司馬相如作子虛賦此一節注表本茶陵本係五臣翰曰下案二本是也尤本誤以五臣竄入善注殊誤當削去之注韓君章句曰陳云韓下脫詩薛二字是也各本皆誤注干木偃息以藩魏案干字不當有各本皆衍注陳威發憒何校威改咸陳同各本皆譌注長衢夾巷陳云衢下當有羅字各本皆脫注峩峩容

也案嶶嶶當作娥娥各本皆譌今廣雅可證　注武陽城槐里人也隨冲虛表本茶陵本也隨作修道是也案武依今本高士傳當是字武仲三字之脫　酒酣氣益振表本茶陵本振作震是也　注風賦曰廓抱影而獨倚案曰下當有起於窮巷之間楚辭曰九字各本皆脫所引楚辭在哀時命可證也　注盎中無斗米儲還視架上無懸衣說文曰表本茶陵本無儲還視三字曰下有顧還視也四字案此蓋所見不同　○詠史○注終於家表本茶陵本無此三字有協見朝廷貪祿位者衆故詠此詩以刺之十六字案此當以尤所見爲是二本并五臣於善而誤也何陳皆取以添改非凡題下意揣作者之旨均屬五臣語前後可以例推而得者　注鍾會有遺榮賦　又注鍾會遺榮賦曰表本茶陵本不另分節作鍾會有遺榮賦曰七字案此亦所見不同　○覽古○注史記曰下至秦王大喜此二十二字表本茶陵本無案并善注於五臣而脫也　注史記曰下至請以十五都與趙此一百五字表本茶陵本無案

并善注於五臣而脱也注吾所以爲此也表本茶陵本也作者是也注不如將軍

寬之至也表本茶陵本如作知是也○張子房詩○注予朝至於洛師卜表本卜下有澗水瀍水四字茶陵本有澗水東瀍水西六字案茶陵本爲是注竟不易不易太

子者表本不重不易二字何校去陳云衍是也茶陵本全删此節注非注翻飛維鳥茶陵本翻作飜下同案茶陵本正文下有校語云善作飜則注中二字皆作作飜爲是表本亦作翻誤與此同後謝宣遠荅靈運詩翻飛各異槩注作飜正文作翻疑正文誤但彼無校語耳凡此等皆舉其例而不勝一一出之者注燭幽

明也茶陵本幽作猶是也表本亦作幽誤與此同注周易曰下至照于四方此十六字表本茶陵本脱注孟子曰表本茶陵本起此至末五十四字脱注王逸楚辭注曰海

内之政何校王逸楚辭注曰六字改作莊子堯治天下之民平九字非也陳云楚辭注曰下脱慶雲喻尊顯也莊子堯治天下之民平共十五字是也注見四子何校見上添往字陳同是也注喪其天

下也何校也改焉陳同是也袁本茶陵本所脫止此注屬車八十乘案十下當有一字各本皆脫注不良能行何校能改於陳同各本皆譌○秋胡詩○注詩曰東方之日案詩上當有韓字各本皆脫注爾雅曰蕪草也案爾當作小各本皆譌小雅載漢藝文志今孔叢子之第十一也此所引廣言文昔醉秋未素袁本茶陵本醉作辭有校語云善作醉案各本所見皆非也醉但傳寫譌非善五臣有異注日出之東隅案日出二字當作失各本皆誤注歲既晏兮孰華案華下當有子字各本皆脫○五君詠○注詠劉伶曰案伶當作靈各本皆誤袁茶陵二本後正文亦作伶詳其注中凡所載五臣曰則爲伶字而善注三見仍皆爲靈字然則必五臣伶善靈而失著校語尤所見正文獨不誤此處因向同善注而亂耳又案二本酒德頌注亦善是靈字五臣是伶字注天神人五陳云神上脫下字是也各本皆脫注汝神遊守形袁本茶陵本遊作將是也注聲高則悲何校高下添聲高二字陳同茶陵本有案尤本此處脩改以字數計

之蓋初刻重一高字是也袁本無與脩改者同**注阮咸哀樂至**袁本茶陵本至下有到字是也○**詠史○注野寂寞其無人**案寞當作漠正文作漠後赴洛詩寂漠聲必沈袁茶陵二本云善作漠五臣作寞是其大較也此正文二本皆作寞而不著校語非○**詠霍將軍北伐○注楚王使風湖子**陳云別本湖作胡案今未見七命注引作胡考越絕書今本作胡吳越春秋作湖他書所引互有出入耳○**百一詩○注筐篋笥也**案筐字不當有後任彥昇哭范僕射謝惠連擣衣注引皆無可證各本皆衍**注免而掩口**袁本茶陵本免作俛是也○**遊仙詩○何敬宗**袁本茶陵本宗作祖注同案此似所見不同然祖字是也贈張華詩雜詩皆作祖傳長虞贈詩序亦作祖皆可證**注列仙傳曰**下至**立祠緱氏山下**此一百字袁本無茶陵本有案蓋善自作王子喬已見遊天台山賦袁脫去此一句耳茶陵複出未可爲據**眇然心緜邈**案眇當作眇袁本茶陵本作眇云善作眇今詳善注非有明文眇字於義無取當是傳寫之譌耳各本所見皆非○**遊仙**

詩○注而辭無俗累　案無當作兼各本皆譌

注郭璞山海經注曰山居爲棲又曰遯者退也周易曰龍德而隱遯世無悶　陳云又曰遯者退也此六字當在遯世無悶下郭璞山海經注曰山居爲棲此十一字又當在退也句下案所校是也各本皆倒蓋周易曰十一字與郭璞云云十一字互換其處耳

注妾之居亂世　表本茶陵本之作聞是也

注而媒理也　何校而改爲陳同各本皆譌

注淮南子曰下至日爲之反三舍　此二十六字表本茶陵本作魯陽麾日見淮南子八字

注而明月皆喻難闇投　表本茶陵本皆喻作之珠是也

注與李平教曰　陳云平下當有子豐二字據蜀志注通鑑校是也各本皆脫

姮娥揚妙音　陳云姮當作恒今案善注引淮南子常娥爲注其下不云常娥之即恒娥似善自爲常字表本茶陵本所載五臣良注云姮娥是五臣乃爲姮字而各本亂之也陳改恒未是

注漢武內傳下至殆恐非仙才也　此三十字表本作漢武非仙才見漢武內傳茶陵本與此同

注守文

法陳云文下脫之君當塗之士欲則先王之十一字是也各本皆脫

卷二十二○招隱詩○注井洌寒泉何校泉下添食字陳同各本皆脫○招隱詩○注脫與稅古字通案脫稅二字當乙謂正文及史記方言之稅即脫也各本皆倒表本改吾未知所稅駕也作脫以就之大誤○南州桓公九井作○注檀道鸞晉陽秋曰陳云晉上當有續字是也各本皆脫餘同此不悉出注字仲文表本茶陵本無此三字注左氏傳曰族穆子曰案上曰字當作公各本皆譌○遊西池○注沈約宋書曰混字叔源表本茶陵本無此九字上臧榮緒晉書曰謝混下有字叔源三字案此各本并五臣於善而失其舊無可訂正也注混思與友朋相與爲樂也案此十字係五臣語也表茶陵二本合并六家往往有之前後例可推此本既單行善注不應竄入乃尤延之仍舊誤而未知校正者○泛湖歸出樓中翫月○注阿谷之豫案豫當作隊各本皆

譌　注李宏軌法言注曰　案宏字不當有各本皆衍軌字宏範蓋或記於旁而錯入一字耳善引李軌法言注甚多皆可證

○從游京口北固應詔○注朝聘鷩兮　何校去此四字陳云注前朝聘鷩兮衍案各本皆涉下而誤也

○晚出西射堂○注山正鄣　陳云山當作上各本皆譌案此釋山文今爾雅云上正章章鄣同字耳

○登池上樓○傾耳聆波瀾　此句上表本茶陵本有衾枕昧節候褰開暫窺臨云善無此兩句何校添陳同案詳文義當有各本所見或傳寫脫之也

○遊南亭○注旅客會也　何校會改舍陳同是也各本皆譌　注居戚戚而不解　茶陵本戚戚作慼慼表本與此同案正文作慼慼茶陵是表非也蓋善慼五臣戚其大槩矣餘倣此不悉出

○遊赤石進帆海○注維長綃　陳云綃當作綃是也各本皆譌

○石壁精舍還湖中作○注謝靈運遊名山志曰　案謝字不當有前後所引可證也各本皆衍又後登臨海嶠詩兩引皆衍不更出　注所爲命　陳云爲當作謂是也

各本皆譌○登石門最高頂○注古樂府有歷九秋妾薄相行案此十一字不當有觀下注云九秋已見南都賦可知各本皆衍○於南山往北山經湖中瞻眺○注和氏玲瓏案玲瓏當乙說見前又正文玲瓏注瓏玲說在遊天台山賦注各本皆誤注擢紫茸茸案此下當有而容切三字表茶陵二本正文下有此音合并六家因複出而刪尤仍其誤於是茸而容切本以四字爲句者僅存一茸字而不可通矣凡善音多割裂刪削無以全復其舊依此等例推之○從斤竹澗越嶺溪行○苕遞陟陘峴案峴當作現善注引聲類峴云峴與現同可知正文自爲現字今各本皆作峴必五臣改爲峴而後來以之亂善也集韻二十七銑有現峴二文云胡典切或作峴當即出於此可爲證○應詔觀北湖田收○注太祖改景平十二年案十字不當有各本皆衍注劉安奏曰案安當作光此引順帝紀文也表本亦譌安茶陵本刪劉安奏三字更誤注緹騎一百人表本一作二案劉昭注引漢官亦云二百人可證二是一

非也茶陵本亦作一誤與此同○車駕幸京口侍遊蒜山作○注劉楨京口記曰　案楨當作損隋書經籍志曰京口記二卷宋太常卿劉損撰即此各本皆誤　注漢書儀曰　案書當作舊各本皆譌　注元天山最高在東北日出即見　案此十二字涉非善注各本皆同恐係五臣語而竄入也　注尚書曰洪範五行傳曰　陳云書下曰字衍是也各本皆衍　留滯感遺氓　案氓當作萌茶陵本氓作萌云五臣作氓表本作氓云善作萌尤所見誤以五臣亂善說詳前長楊賦中又二本注中皆作萌此亦誤改爲氓○車駕幸京口三月三日侍遊曲阿後湖作○注長五丈六尺　案五當作九各本皆誤七命注所引可證　彫雲麗琁蓋　案彫當作彤注彫雲斐亹而翼櫺亦當作彤各本所見皆誤據遊天台山賦訂正之考表茶陵二本所載五臣濟注云雕鏤雲氣然則五臣乃作彫後來以之亂善又并注中改爲彫字非孫興公賦別有作彫之本而善於此引之也彼賦五臣亦仍爲彫○遊東田○注陸機悲行曰　案悲

下當有哉字各本皆脱○從冠軍建平王登廬山香爐峯○注張僧鑒豫州記曰陳云州章誤是也各本皆譌注楚辭曰臨風怳兮浩歌案此九字不當有觀下注云臨風已見月賦可知各本皆衍○鍾山詩應西陽王教○注戴延之西征賦曰陳云賦當作記是也各本皆譌崚嶒起青嶂案注引魯靈光殿賦崱繒綾而龍鱗疑善作繒綾五臣作崚嶒合并六家失著校語否則善元有注繒綾與崚嶒異同之語而今失去之也注維摩經曰下至四禪此二十六字表本茶陵本無其所載翰注有之當是并善於五臣而刪也尤所見爲是○宿東園○注荊門盡掩陳云盡畫誤是也各本皆譌注征鳥厲號表本茶陵本號作疾是也今季冬紀是疾字注古董桃行曰案桃當作逃各本皆譌○古意詶到長史溉登琅邪城○注鎮江乘縣境立郡鎮案縣上脱即字郡下衍鎮字鎮江乘爲一句即縣境立郡爲一句各本皆誤脩篁壯下屬何校云篁疑作

隍案其說是也善不注此字而以下屬江河注下屬然則隍之爲城池可知也偶句云危樓峻上干危則峻也脩則壯也隍在城下樓在城上於義極協唯五臣銑注云竹叢曰篁云云合并六家遂以亂善所當訂正

卷二十三○詠懷詩○注江妃二女表本妃作斐案斐字是也江賦注所引正作斐以吳都賦證之善斐五臣妃說已見前此詩蓋善亦作斐因正文爲五臣所亂并改此注爲妃益誤茶陵本作妃誤與尤本同

注伯且君子字何校云且字衍陳同是也各本皆衍

注安陵君所以悲魚也案以字下有脫文各本皆然無可據補也

注善曰東觀漢記表本茶陵本無善曰二字陳云二字衍何校於此節注首添沈約曰三字今案陳據別本蓋是也何以意添非

春秋非有託茶陵本云五臣作訖表本作訖云善作託案各本所見皆非也善引鄭禮記注訖止也可見亦作訖沈約曰春秋相代若環之無端所謂非有訖矣作託但傳寫譌今各本并注中亦譌託考所引即禮記祭統訖其嗜欲注之訖猶止也不得爲託明甚

注至於顛沛逆天表本茶陵本逆天作道天是也

注顏延之曰

何校之改年案以前後例之是也各本皆譌　注白露沾衣　案衣下當有衿字各本皆脫此所引七哀詩也　注則音聲調　案音當作商各本皆譌　注王逸楚辭注曰小曰巨　此九字表本茶陵本無案尤本是也所引在七諫沈江二本脫去之　注追悟羨門之輕舉　表本茶陵本悟作悞案善悞五臣悟二本校語有明文善所載沈約注自不當作悟又正文何陳皆從五臣悟但未必非阮借悞爲悟當仍其舊　注蛩蛩負蟨以美草　案以下少一字各本皆脫無可據補陳云脫求字但以意添耳　注元雲決鬱　案決當作泱各本皆譌顏注漢書音烏朗反　注上有楓樹　陳云樹字衍是也各本皆衍　注駕彼駟牡　陳云牡當作騤各本皆作牡今案毛詩作四騤但恐李所據本異未可輒改凡注中各本既同而引書與今所行差互疑不能明者皆準此不悉出其異本尚可考亦不悉出唯顯知傳寫之誤乃訂正之　注劇辛諫楚王曰　茶陵本劇作莊案莊非也依今本戰國策改耳表本作劇與此同恐善自如此爲所據異本也

○秋懷詩○

注蔑比卿相　案比當作此世說新

語品藻注引可證各本皆譌何陳校改爲彼誤也　注乃至仕人陳云至仕當作賦大見世説注是也各本皆誤○臨終詩○歐陽堅石案此不得在謝惠連下當是臨終自爲一類尤表茶陵各本皆不分蓋傳寫有誤又案俗行汲古閣本反不誤乃毛自改之耳非别有本也凡彼僅有是者餘均不置論爲舉例如此　注四時隱南山何校時改皓陳同各本皆譌　注色有五色文章案色文二字不當有各本皆衍○幽憤詩○注后成叔曰陳云后當作郈今案后即郈也檀弓后木鄭注曰魯孝公子惠伯鞏之後正義曰案世本孝公生惠伯革其後爲厚氏世本云革此云鞏世本云厚此云后其字異耳春秋名號歸一圖曰厚成叔後改爲郈皆可證冊魏公九錫文引作厚　爰及冠帶馮寵自放表茶陵二本有校語云善無此二句案二本所見非也此與下二句爲韻善不容無但傳寫脫去又其下當有善注爲脫去一節也尤本有者是然恐屬據五臣校補尚少善注耳　任其所尚表本茶陵本有校語云善作上注各崇所尚二本尚皆作上案善下注又云説文曰尚庶幾也不作上字尤本以此校改然恐善注未全

或於末元有注上尚異同之語而今失之注莊子曰眞者精誠之志陳云此九字衍觀下

注自明是也各本皆衍注精誠之志也表本志作至是也茶陵本亦誤志注說文曰

懷藏也杜預曰忍垢恥也陳云說文下六字當在杜注下是也各本皆倒注發論

辭也何校論改語是也各本皆誤注下民爲孽陳云爲之誤今案各本皆然疑李所據與今本

作之者異下尊沓背增今本作憎又我心永疚今本作使我心疚皆放此餘不悉出注爲惡莫近刑

案刑當作形詳下注司馬彪本作形字也各本皆誤○七哀詩○注孟秋寒蟬應陰而

鳴案蟬下當有鳴蔡邕月令章句曰寒蟬十字各本皆脫陳云月令章句見子建贈白馬王詩注也○悼

亡詩○注涼歲云暮案涼下當有風字各本皆脫注魏文帝歌行曰案歌

上當有燕字各本皆脫注長戚之士能閑居案士當作不各本皆譌注駕言出

遊又案又下當有脫無可據補陳云又字衍非也表本無乃改去耳故於下句楚辭下加一注字以足之茶陵

本與此同尚末經改也○盧陵王墓下作○注宋武帝子義眞下至作一篇此一節注表本茶陵本皆係翰曰下茶陵本云善同翰注表本別有善曰沈約宋書曰武帝男盧陵獻王義眞初封盧陵王之任而高祖崩義眞聰明愛文義與陳郡謝靈運周旋異常而少帝失德徐羨之等密謀廢立則次第應在義眞義眞輕訬不任主社稷因與少帝不協乃奏廢義眞爲庶人徙新安近郡羨之等遣使殺義眞於徙所時年十八元嘉三年誅徐羨之傳亮是日詔曰故盧陵王可追崇侍中王如故一節注共一百卌一字當是尤所見與茶陵本同而致誤表本爲是也注朱方吳也案也當作邑各本皆譌注曹植寡婦詩曰陳云詩賦誤是也各本皆誤注疑彼三人陳云三二誤是也各本皆誤○拜陵廟作○注王逸晉書曰表本茶陵本逸作隱是也注汲汲孳孳者表本茶陵本無此五字案蓋所見不同也伏軫出東坰案軫當作軾茶陵本云五臣作軾表本云善作軫詳善引莊子以注伏軾是亦作軾其作軫者但傳寫誤耳況此詩末句有歸軫必不應複用矣尤因此并改注字益非見下

注宣尼伏軫而嘆表本茶陵本軫作軾案二本是也此所引在莊子漁父云孔子伏軾而嘆可證又宣尼亦誤當作孔子也注各自君陵傍立廟表本茶陵本君作居是也注作陽陵陳云陵下脫邑字是也各本皆脫注被歌聲案此三字不當有各本皆衍注言帝澤被天下表本茶陵本無澤被天下四字幼牡困孤介案牡當作壯表茶陵二本校語云善作牡幼壯與末暮偶句不待解而自曉故善俱無注實非於五臣有異校語非也○出郡傳舍哭范僕射○注傳舍也表本茶陵本重傳字案今釋名傳傳也蓋尤本刪下舍字而誤去傳字注女史曰何校史下脫箴字陳同各本皆脫注攜手遯于秦陳云于字衍是也各本皆衍注孔安國尚書曰表本茶陵本書下有傳字是也注臺無所鑒陳云臺當作壹下同是也各本皆譌注又曰容則秀雅稚朱顏表本茶陵本無此九字注安意歌今陳云今吟誤是也各本皆誤○贈蔡子篤詩○注晉官名曰何校官上添百字陳

同案晉上當有魏字隋書經籍志魏晉百官名五卷晉百官名三十卷並載皆無撰人名晉書蔡謨傳曰曾祖睦魏尚書可見此所引乃魏晉百官名而非晉百官名也各本皆脫陳又云所引書名當有誤是矣但失檢隋志耳

濟岱江行　案行當作衡表本作衡字顯然無疑今各本并注譌爲行絕不可通何校云藝文類聚行作衡亦是證

一**雖則追慕**　案追當作進表本云善作追茶陵本云五臣作進各本所見皆傳寫誤善引法言以注進慕是亦作進若作追慕不得云以此專注慕字也凡此等善與五臣無異表茶陵二本據誤字爲校語而失之者於今所訂正爲一例也

涕泣漣洏　案洏當作而注引杜預左傳注而語助也善必爲而字無疑贈士孫文始詩胡不悽而句例正同唯表茶陵二本載濟注云洏亦淚流也是五臣乃作洏字今各本所見皆以五臣亂善耳祭古家文縱鍤漣而亦善而五臣洏彼未亂之可爲證矣凡此等善與五臣截然有異表茶陵二本不著校語而失之者於今所訂正爲又一例也

○贈士孫文始○注三輔決録趙岐注　陳云趙岐二字衍岐著三輔決録晉摯虞作注下云於今詩猶存即虞自謂作注之時耳案所校是也各本皆誤

注

士孫孺子名萌表本茶陵本無孺子名三字亦尅宴處表本茶陵本尅作克是也靡日不思茶陵本日作喆云五臣作哲表本作哲無校語案二本所見皆非也此及上句皆取詩成文善注因人亦有言連引靡喆不愚者猶之因靡日不思連引有懷於衛耳與正文無涉也唯銑注云哲智也是五臣乃誤作哲又以之亂善此所見獨不誤或尤延之知其非而校改之也○贈文叔良○僑肹是與案僑當作喬注同茶陵本作喬云五臣作僑表本作僑用五臣而失著校語尤所見以五臣亂善非也考隸釋三公山碑云喬札季文議郎元賓碑云有喬宰鄭皆東漢時書喬字無人旁之證羣書亦有之不悉數注敢請辭故陳云辭亂誤是也各本皆譌注而不可以之告何校刪之字陳同各本皆衍注孤用視聽命何校視改親陳同各本皆譌注君若早天子陳云早上脫無字是也各本皆脫注言江漢之君下至非汝之功也表本茶陵本無此二十二字何校云考六臣本即良注陳云削去爲是案所校是也○贈五官中郎將○注公子自是案是

當作起各本皆誤　金罍含甘醴　表本茶陵本云甘善作其案據校語五臣乃作甘此作甘者尤延之所改也注無明文而第三首云應門重其關句例正同未必非善自作其字尤改失之　注蔦啓強曰　陳云強疆誤是也各本皆譌　注幹自謂也　何校幹改楨案所改非也幹即公幹善注稱人字有此例

華燈散炎輝　案燈當作鐙注同各本皆譌第一首第三首表茶陵二本有校語此首失著乃誤以五臣燈字亂之　○贈徐幹○注楊雄解嘲曰　案嘲當作難各本皆誤　○贈從弟○冰霜正慘愴　茶陵本愴作悽案悽字是也注有明文表本作愴與此同誤　豈不羅凝寒　何云羅疑作罹陳同案各本皆作羅蓋傳寫譌

卷二十四○贈徐幹○注而能相萬乎　何校萬改蔦陳同各本皆譌　○贈丁儀○注玉除彤庭　案除當作階各本皆譌但引以注玉字其除即是階上已注訖不知者用正文玉除改之非也後贈何劭王濟詩注引不誤亦可證或又因此欲改西都賦作除則益非矣　○贈

王粲○攬衣起西遊表本攬下有校語云善作攬茶陵本則云五臣作攬案此悉傳寫誤耳無論善自作攬即五臣亦未始作攬也○又贈丁儀王粲○注西都賦曰表本茶陵本賦作賔是也又後贈張華苔何劭詩注皆然注抗仙掌與承露茶陵本抗作抗案涉下而誤也表本作抗與此同不誤引之但注承露其以下方注槩字或因據此誤字反欲改西都賦則謬矣聊出之於尤本無施也與賦作以○贈白馬王彪○注日不陽表本茶陵本日不作到洛是也鬱紆將難進茶陵本云難進五臣作何念表本云善作難進何校云難進當從魏氏春秋作何念案此恐善本傳寫有誤踟躕亦何留表本茶陵本云何善作可案二本所見非也善自作何注有明文此不誤或尤校改之也孤魂翔故城注魏志城作域表本茶陵本無注魏志城作域五字正文皆作域茶陵本有校語云善作城表本無案魏志城作域五字當是或記於旁尤誤取添入注故此處脩改之迹尚存也善作城無明文恐尤及茶陵所見傳寫有誤而表所見爲未誤也注太子執報桓榮書曰

案執字不當有各本皆衍太子漢明帝也在范蔚宗書桓榮傳○贈丁翼○世俗多所拘表本茶陵本世作時是也○贈秀才入軍○顧盼生姿表本茶陵本盼作眄注同案眄字是也眄爲眄之別體字不知者多改爲盼茶陵改刻如此後又誤成盼也注所以得魚也何校得改在陳同各本皆譌注聲而斲之何校聲改聽陳同各本皆譌注臣則當能斲之表本當作甞是也茶陵本亦誤當注帝平帷也何校帷改帳是也此節注表茶陵二本多脫字不具論○贈山濤○今者絕世用表本茶陵本有校語云用善作人案二本所見非也注有明文此不誤或亦尤校改○荅何劭○注貽爾新詩又陳云又文誤是也各本皆譌注己巳衰老子曰表本茶陵本老下有也老二字是也流目翫儵魚茶陵本儵作儵注同案儵字是也考莊子釋文作儵爾雅釋文作儵陸於秋水篇引說文直留反謂魚部儵字音然則儵是儵非也表本亦誤儵其注作儵仍不誤○贈馮文羆遷斥丘令○注後漢班固

議曰以漢興已來案漢下當有書字曰下當衍以字各本皆誤在班固傳也借曰未洽茶陵本作給云五臣作洽表本作洽無校語案二本所見皆大誤所載翰注曰給猶足也五臣作給無無疑然則善作洽也茶陵本例用善爲正文當作洽而著五臣作給表本例用五臣爲正文當作給而著善作洽今倒錯失理此不誤必尤延之知其非而校改正之非子之念表本茶陵本有校語云非善作悲案二本所見非也注無明文然作悲不可通必善自作非與五臣無異但傳寫誤也此不誤蓋亦尤校改正之也○荅賈長淵○注魯公賈謐表本茶陵本無魯公二字是也注以綱爲喻也案綱當作網各本皆譌注丁德禮寡婦賦曰案此有誤也前潘安仁寡婦賦屢引丁儀妻寡婦賦其日杳杳而西匿句注引此文然則禮下脫妻字各本皆誤儀字正禮疑一字德禮奏彈王源注引丁德禮勵志賦蓋儀作也又赴洛道中作詩注引丁儀寡婦賦恐亦脫妻字注嗟爾烈祖表本茶陵本爾作嗟是也如玉之闌案闌當作爛善引王逸楚辭注爛然爲注可見也又音爛力旦切皆其證今亦改闌益非茶陵本云善作之闌

表本云善作之蘭乃五臣改爛爲蘭改之爲如而云如蘭之芳又轉轉多譌謝靈運擬鄴中集陳琳詩夜聽極星爛善引明星有爛爲注五臣改爛作闌而以爲闌稀表茶陵二本校語具有明文正與此略同矣　注賈戒之以木　表本賈作潘是也謂安仁所作耳見後茶陵本亦作賈與此同誤　注晉克曰　何校晉改里陳同各本皆誤　○於承明作與士龍○佇盼要遐景　茶陵本盼作眄是也表本作盼亦非說見前　俯仰悲林薄　案林當作外表本茶陵本云善作外薄迫也言悲自外而來迫也不知者以五臣亂善尤所見非　○贈尚書郎顧彥先○注屏翳起雨　表本屏翳作荓號是也茶陵本亦誤作屏翳案天問文　注王逸曰口屏翳　表本曰下有荓字茶陵本有屏字案表本是也此尤脩改而誤　注書籍林淵　表本茶陵本無此四字　○贈顧交阯公眞○注子盍亦遠績禹功　表本茶陵本無禹字是也案見左傳釋文善引自如此尤添禹字耳　○荅張士然○注敬祭明祀　陳云當作敬恭明神是也各本皆誤　注晉宮

閣銘曰案銘當作名各本皆譌○爲顧彥先贈婦○翻飛浙江汜表本茶陵本有校語云游善作浙今案各本所見皆非也詳善但引江有汜爲注而不注浙江是江汜連文非浙江連文蓋亦作游與五臣無異傳寫誤也○贈馮文羆○苟無淩風翮徘徊守故林注莊子曰鶡巢於高榆之巔巢折淩風而起表本茶陵本云善無此二句注十六字二本無案此尤延之校添或其所見者有正文二句及注也故林謂吳必作於出補吳王郎中令時故云爾潘安仁爲賈謐作贈詩旋反桑梓帝弟作弼或云國宦清塗攸失亦即此意有者是矣五臣向注誤不具論○爲賈謐作贈陸機○注得百姓之國茶陵本姓作里是也表本亦誤姓注得其姓者案得其當作其得各本皆倒注將軍弱冠登朝表本茶陵本無弱冠登朝四字是也注夫招士以旂大夫以旌表本茶陵本作夫招士以旌五字案當是招大夫以旌之譌尤所添改未是注必之天下英俊表本茶陵本之作於是也吾子洗

然案洗當作洒善注中兩字皆作洒唯表茶陵二本所載五臣銑注字乃作洗洗然則善洒五臣洗各本所見亂之而失著校語善所引禮記玉藻莊子庚桑楚皆本是洒字釋文可證也注郭璞曰表本璞下衍曰字茶陵本無此亦初衍脩去莫匪安恒表本茶陵本云安善作宣案此葢所見不同今無考但作宣不可通當是傳寫誤也○贈陸機出爲吳王郎中令○注是史也何校史上添良字陳同各本皆脫注其祖弗父何始有國表本茶陵本無此八字注茲恭敬何校恭上添益字下去敬字是也各本皆誤○贈河陽○注以問於密子表本問下有其故二字茶陵本有二字無以字尤初同茶陵而脩去注人果共立爲邑起冢陳云立字衍是也案漢書循吏傳共上有然字無立字各本皆誤注能舉居之官職也茶陵本居作君是也表本亦誤居

文選考異卷第四

傳古樓景印